PEQUENAS HISTÓRIAS DE LUZ E SOM

Autor Flávio Oliveira

Revisão Lyslei Nascimento

Projeto gráfico e diagramação Caroline Gischewski

Editores Alencar Perdigão
Cláudia Masini
Luciana Tanure
Thásia de Medeiros

Catalogação na Publicação (CIP)

O48
Oliveira, Flávio
Pequenas histórias de luz e som / Flávio Oliveira. - Belo Horizonte : Quixote+Do Editoras Associadas, 2019.
256 p.

ISBN 978-85-66256-49-9

1. Contos brasileiros. I. Título.

CDD B869.3

Bibliotecária responsável: Fernanda Gomes de Souza CRB-6/2472

Quixote+Do Editoras Associadas
www.quixote-do.com.br
editora@quixote-do.com.br
Rua Fernandes Tourinho, 274
Belo Horizonte, MG, Brasil
Tel: (31) 3227.3077

PEQUENAS HISTÓRIAS DE LUZ E SOM

FLÁVIO OLIVEIRA

EDITORAS ASSOCIADAS

Para Lira e Adriana com todo meu amor,
para minha mãe, Ângela e em memória de meu pai,
Benjamin Magalhães de Oliveira Filho.

Nossa única verdade é a verdade narrativa, as histórias que contamos uns aos outros e a nós mesmos, as histórias que recategorizamos e refinamos continuamente.

Oliver Sacks in. O Rio da Consciência

AGRADECIMENTOS

A existência de um livro, qualquer livro, está longe de ser fruto apenas do trabalho de seu autor. No caso deste, foram muitas as pessoas que colaboraram para que ele pudesse acontecer. Sendo assim, eu gostaria de prestar meus sinceros agradecimentos, aos meus editores: Luciana Tanure, Alencar Perdigão, Cláudia Masini e Thásia de Medeiros, pelo apoio e cumplicidade em todas as etapas; aos leitores que acompanharam pela internet muitas das histórias deste livro, sempre me apoiando com seus comentários generosos; aos amigos que me inspiraram, entre os quais, alguns acabaram virando personagens dessas ficções acontecidas; à minha mulher, Adriana Fileto e à minha filha, Lira, pela paciência durante as minhas ausências para escrever; ao José Eduardo Gonçalves, pelos valiosos ensinamentos em sua oficina de escrita criativa e por acreditar no meu texto, gerando em mim a necessária confiança para dar vida a este livro; à Raquel Abi-Sâmara e aos colegas do curso de escrita criativa da PUC Minas, pelas ricas discussões sobre diferentes gêneros literários; à Izilda Maria Campos, pela revisão técnica em, "Aula de Braille"; às queridas amigas, poetas sempre inspiradoras, Luanna Belmont, Thais Guimarães e Bruna Piantino, pelas opiniões, conversas e pelas positivas vibrações; à minha irmã Clarice Prates, pelo apoio de sempre; ao queridíssimo casal, Blanche Matos e Alexandre Habib, pela cumplicidade, pela leitura atenta e pela formatação dos originais; ao Idelber Avelar, pelos conselhos valiosos ao final da jornada; ao Gabriel Vieira, pelas vezes que me socorreu nos meus apuros com a informática; à Lyslei Nascimento, pela atenta revisão dos originais; e, finalmente, à Maria Esther Maciel, pelo belo e sensível texto de apresentação, que, inclusive, me ajudou a descortinar algumas sombras e silêncios deixados como rastros involuntários, na minha própria escrita. A todos, o meu reconhecimento e o meu muito obrigado, de coração.

SUMÁRIO

MONUMENTOS DA MEMÓRIA E DO SONHO

Assim que meus dedos tocaram a caixa de papelão, que jazia, incólume, no fundo dos escombros do quartinho de entulho, tive a impressão de ter descoberto um tesouro. Foi como se a pele do meu tato, por intermédio de uma misteriosa rede nervosa, despertasse, dentro de mim, algo há muito adormecido. Foi como o aroma e o sabor das madeleines de Proust, como o bimbalhar dos sinos da Páscoa que Goethe fez soar redimindo, no último momento, a vida do Dr. Fausto. Foi como uma janela se abrindo em minha mente sobre uma outra dimensão temporal e pluriespacial. Temeroso de que aquela sensação se desvanecesse, tênue que era, fui atirando para trás tudo que me impedia de remover dali aquele tesouro arqueológico: pneu velho, saco de carvão, mangueira de borracha. Em poucos minutos, já estava fora da atmosfera úmida do quartinho, sentado no chão de pernas cruzadas, como uma criança junto à sua caixa de brinquedos.

Mergulhadas na caixa, minhas mãos iam descobrindo, aos poucos, além de muita poeira, aqueles objetos que as pessoas costumam guardar como documentos de seu passado e que bem mais tarde, sem que elas se deem conta, acabam se tornando monumentos da memória de uma vida. Cada objeto conta uma história que evoca outra e outra. Pois não é que estavam novamente ali entre os meus dedos, a minha miniatura Porsche que eu sabia ser vermelha e dourada; a forquilha de um bodoque que meu pai me fizera e com o qual, numa guerrilha de mamonas, eu atingira a cabeça do filho do delegado, o que me enchera de orgulho masculino e me rendera mais prestígio junto à molecada da rua; um chaveirinho de acrílico que ganhara quando, pela primeira vez, cheio de importância e de entusiasmo, fiz minha primeira viagem de avião; mais isso, aquilo e aquilo outro...

Revolvendo ainda mais a caixa, encontrei lá no fundo um papel-cartão sujo e amassado que me pareceu ser uma antiga fotografia. Correndo os dedos por aquele papel, notei que, em um dos lados, havia uma inscrição de mais ou menos três linhas em um braille quase imperceptível. Com muita dificuldade, consegui ler suas últimas palavras: "de Fora, 1920". Aquilo não me dizia absolutamente nada. Não fazia a menor ideia do que fosse.

A primeira pessoa descreveu-me a foto em preto e branco, já bem amarelada pela sujeira e pelo tempo. É um rapazinho de aproximadamente uns onze anos sentado de frente para um piano. Só isso? É, só. Outra pessoa descreveu-me ainda a roupa do menino e acrescentou um castiçal com três velas em cima do piano. Não tem mais nada mesmo? Não... não... a foto é assim como eu estou te dizendo. Uma terceira pessoa enxergou, no canto superior esquerdo da fotografia, bem atrás da cabeça do pianista mirim, uma mancha escura na parede formando um ângulo reto, mas não dava para saber se era uma janela, ou um quadro. Que loucura! Subitamente, eu compreendi que com aquela fotografia, a minha memória cessara de ancorar-se nas minhas próprias sensações, ficando à mercê das palavras; e para complicar ainda mais, das palavras dos outros: diferentes versões para a mesma foto, para o mesmo fato.

O garoto não era ninguém de minha família. Pela data, poderia até ser meu avô. Mas não era. Seu avô Dilermando tocava piano, disse minha mãe. Cole Porter. "Begin the Begin" era a sua canção favorita. Mas não, ele não tinha nada a ver com esse garoto. Na idade dele, seu avô era mais gordinho e tinha os olhos puxados. Percebi que não adiantaria vasculhar todos os umbrais da memória, pois, definitivamente, aquele era um ilustre desconhecido. Restou-me, pois, o exercício da imaginação. Ah, imaginação!

Pensando bem, qual é o limite entre a memória e a fantasia? Alguém sabe me dizer, com certeza, onde o vivido termina e começa o sonho?

BATUCANDO NO SAPO

Antes de mais nada, deixa eu te perguntar uma coisa: alguma vez você já se indagou qual é a sua lembrança mais antiga? Isso mesmo! Aquela que, de tão remota, faz você duvidar de que tenha realmente acontecido? Aquela que se confunde com sonho, fantasia ou imaginação?

Então vamos lá! Não corre não! Pare um pouco e pense nisso! Não é assim? Tem vezes que a gente já não sabe mais se viveu aquela situação, ou se tal lembrança, meio nebulosa, faz parte de alguma história que nos contaram e ficou ali armazenado na nossa cachola. Pois é isso, meu amigo, minha amiga, memória é um negócio danado. É como se fosse um pedaço virtual da vida da gente que fica ali bem agarradinho na vida real e a gente nem percebe. E quando vê, ela já produziu seus efeitos na nossa personalidade, gostos, medos e traumas.

Talvez você concorde comigo. Algumas lembranças se parecem mais com seres anfíbios e pegajosos que, de vez em quando, saem lá das profundezas para respirar um pouco de ar puro, atraídas por um som, um cheiro, um sabor, uma visão, um toque. Algumas vezes, essas memórias nos assustam, outras vezes, apenas nos fazem rir. Mas eu tenho a teoria de que se as tratarmos com carinho, elas sempre podem nos revelar coisas bem interessantes.

E não é que a minha lembrança mais remota é anfíbia e também um pouco musical? Gosto tanto dessa história que queria compartilhar um pedacinho dela com você. Então, chega aí! Vem comigo no flashback!

Lá estou eu, bem pequeno no quintal da casa, em Carazinho - RS, ou Governador Valadares - MG, no final de uma tarde morna, agachado ao pé de uma escada, perto de um arbusto, baquetas de plástico nas mãos, vontade de tirar som de tudo que visse pela frente. Logo, encontro algo perfeito como um tamborzinho e começo a batucar. Mas o danado tinha uma péssima acústica e dele não saía som nem por decreto. Talvez eu estivesse batendo muito de leve. Eu redobrava a força, sapecava o instrumento e as pancadas continuavam surdas. De repente, o tamborzinho começou a se mexer. Aproximei o rosto para entender do que se tratava e, literalmente, dei de cara com dois olhos grandes, polpudos e redondos, de íris amarelada sobre uma boca enorme que se abria para mim.

Pronto. A imagem acaba aí. Depois não sei mais o que aconteceu. Sei que a figura daquele monstro habitou sem dó os piores pesadelos da minha infância. A gente grande dizia para eu não me assustar: era apenas um sapo. Um sapinho! Davam-me bonequinhos de sapo e eu brincava com eles. Mas de noite, na cama, no escuro do quarto, aqueles olhos amarelos e aquela bocarra voltavam a me perseguir. Sei lá quanto tempo isso durou. Acho até que não foi muito. Depois esqueci. Já bem crescidinho, barba na cara, cabelo no peito, o tema da primeira lembrança surgiu durante uma sessão de análise. E lá veio de novo o sapo tambor saído das profundezas para me provocar.

Fui aprender um pouco sobre sapos e, pulando a parte científica que também é bastante interessante, descobri que eles têm um lado bem bacana. Muitos xamãs o consideram como animais de poder, simbolizando, de maneira especial, a necessária conexão do homem com a natureza e com o Criador. Sua aparição é sempre sinal de fertilidade, criatividade e abundância. Até que dar um sentido para aquela lembrança fantasmagórica me deixou mais tranquilo e confiante. Hoje, gosto dos sapinhos. Mas professor Jung tem sempre a pergunta que não quer calar: o que fazer com os sapos que a gente não consegue engolir?

HERÓI DE NADA

A ladeira era forte, um quarteirão inteiro de calçada esburacada, cheia de lombadas e de outras armadilhas. Analisando a situação, eu intuía que aquilo podia não acabar bem. Acontece que nem sempre a gente dá bola para as nossas intuições, ainda mais quando se tem oito anos de idade.

O triciclo de plástico era alto e largo: grandalhão demais para aquelas perninhas finas. A ponta dos pés descalços mal tocava a aspereza do chão e os calcanhares suspensos ficavam a dançar no vazio da falta de jeito. No topo da ladeira, montada no brinquedo emprestado da vizinha, ela sorria com os olhos verdes de doçura, com os lábios, com os dentes e as covinhas, cheia de coragem, indiferente a qualquer perigo.

Aos cinco anos incompletos, minha irmã era uma criança linda! Com os dedinhos crispados, ela segurava firme no guidão, pronta para dar o fatídico impulso com as pontas dos pés e se atirar ladeira abaixo pilotando a motoca de plástico. Eu observava cabreiro, mas, na hora H, não tive a iniciativa de impedir o arrojo. E lá foi ela, ferinha radical no seu downhill de velocípede.

Ela desceu pela calçada, gritando de emoção e de alegria, como se fosse montanha russa: os cabelos castanhos e leves deitados na cama do vento. Para aumentar o frisson, o atrito das três rodas de plástico duro contra o piso de cimento, ia simulando um ronco de máquina, conforme planejara o fabricante do brinquedo. Até hoje, posso imaginar a sensação de liberdade que ela sentiu naquele instante. Adrenalina? Não... a gente nem conhecia essa palavra. E ela foi que foi ganhando velocidade a cada centímetro.

Fiquei plantado no mesmo lugar, ouvindo o ronco de plástico da motoca cada vez mais longe. Empolgado, mas torcendo as mãos de angústia, pronto para o que desse e viesse. Não demorou muito e os meus temores se confirmaram. O som continuado e harmônico das rodas no cimento, comparável a um glissando em corda de contrabaixo do grave para o agudo, foi bruscamente interrompido por outro som, violento e cacofônico como um cluster de notas desencontradas, da carenagem se arrastando pelo chão, a uns trinta metros de onde eu estava. Depois, um silêncio aterrador. O tempo congelou por todos os lados, dentro e fora de mim, em todas as direções do mundo. Minha irmãzinha! Ai, minha irmãzinha!

Foi uma eternidade de silêncio. Não sei quantos segundos sobrevieram, a respiração interrompida, lívido de pavor, até que eu começasse a ouvir o choro dela que vinha lá de baixo, choro gritado de susto e de dor. Desci o morro, às carreiras, rumo ao local do acidente, disposto a vencer qualquer obstáculo pelo caminho. Encontrei minha irmã caída por baixo do triciclo, que era grande demais para ela, com as mãozinhas, joelhos e pés esfolados, talvez com um pouco de sangue, mas sem aparente gravidade. Tomei-a nos braços, como nos filmes de heróis que eu assistia na televisão, e subi com ela a ladeira, mal me equilibrando em minhas pernas de menino, mas sem fraquejar na missão.

Se a levei no colo até nossa casa, que ficava ali pertinho, disso não me lembro mais. A quem interessaria saber? Sei é que, de vez em quando, juntos recordamos esse acontecimento, e damos risada cúmplices na nossa amizade de irmãos que cresceram lado a lado, compartilhando as descobertas da vida. E, agora, sinto que tenho sorte, pois ela é quem acode as aflições do meu temerário coração, que não vacila diante dos abismos da vida, e salta, inconsequente, mesmo sabendo que irá sangrar.

DEVAGAR, DEVAGARINHO

Atenção! Pit stop! Pausa para respirar. Aqui, você pode parar, sentar, beber um pouco de água e presentear-se com o doce deleite de uma reflexão descompromissada. Aqui, não lhe pedimos nada, apenas que relaxe.

Isso... Solte os ombros, descontraia a testa, acalme seus pensamentos, seus dedinhos inquietos, conte pelo menos até três e mantenha o foco. Agora, segure o ímpeto e vamos divagar. Tipo assim, sambinha do Martinho da Vila: "é devagar, é devagar, devagarinho". Mora na filosofia? Então, convido você a vir divagar comigo.

É o seguinte, my friend: confesso a você que no dia a dia tenho passeado nas redes sociais, como quem anda de carro pelas ruas da cidade. As paisagens vão se sucedendo e, de vez em quando, um outdoor, uma fachada, uma cena qualquer se destaca e atrai o nosso olhar. E quando a gente menos vê, zum, já se foi e não deixou nem lembrança. Detalhes, singularidades e sutilezas passam batido.

Talvez você seja assim também. Não é porque somos almas gêmeas. Podemos até ser. Eu acharia ótimo se fôssemos. Mas, como coincidências não existem aqui nesse mundo sublunar, a culpa não é das estrelas, como andam dizendo por aí, mas, desses tempos velozes em que (sobre)vivemos. Desde que inventaram o automóvel, o avião, o foguete, o tirambaço certeiro de Cristiano Ronaldo, as mensagens de 140 caracteres, é tudo assim mesmo, bem rapidinho.

Mas tem coisas que não dá pra ser (se é que você me entende), concorda? Há coisas que requerem de nós, no mínimo, um pouco de respiração. Tenho um grande amigo que entendeu isso muito bem. Daí, ele simplesmente abandonou uma promissora carreira convencional de administrador, com PhD e tudo, se reconciliou com seu lado espiritual, e agora ensina pessoas a respirar melhor: uma necessidade dos tempos pós-pós-pós-pós-pós-modernos. (Ops! Não é gagueira. É figura de repetição!).

Foi pensando nisso que pus no mundo este livrinho, a fim de lançar o movimento slow reading, que pode ser também slow listening. O importante mesmo é o slow, mora? Slow qualquer coisa, meu chapa! Mas falo especialmente de leitura.

A essas alturas, você pode estar se perguntando: "Ok, já entendi. Mas pra que ficar escrevendo esses nomes todos em inglês"? Calma! É só pra dar uma cara moderna pro meu movimento. Me deixa aí com as minhas manias, vai!

Retomando o raciocínio, é bom lembrar que como desde o Big Bang nada mais é completamente original, devo dizer que fui inspirado por pelo menos dois caras de quem gosto muito. Um deles é o Djavan, cantando, "Um dia frio / um bom lugar pra ler um livro", o outro é o filósofo, semiólogo e crítico literário francês, Roland Barthes (1915-1980). O primeiro, cá entre nós, que crescemos mamando o leitinho da cultura pop brasileira, dispensa maiores apresentações. Todo mundo conhece essa sua canção. É linda mesmo, não é? O segundo também dispensa. Mesmo assim, não posso deixar de dizer que se trata do autor de *Fragmentos de um discurso amoroso*, talvez uma de suas obras mais conhecidas no Brasil. Inclusive porque, em 1988, foi transformada em um monólogo interpretado pelo bonitão do Antônio Fagundes, que, por sua atuação, merecidamente recebeu o prestigioso prêmio Molière, como o melhor ator de teatro daquele ano.

Por incrível que pareça, esses dois, o cantor e o filósofo, têm no mínimo uma coisa em comum que serve bem para o meu movimento slow. Ambos falam de como é mágico e transformador o simples ato da leitura. Não me refiro a essa leitura dinâmica do vapt-vupt, mas a uma leitura de imersão. Aquela em que a gente mergulha, fica ali um pouco com o texto, levanta a cabeça para respirar, ganha fôlego e volta a mergulhar e volta a levantar a cabeça, ganhar fôlego e mergulhar novamente. Aquela leitura em que a gente namora o texto e se deixa seduzir por ele. Tipo, "nada melhor do que não fazer nada / só pra deitar e rolar com você".

Barthes falou disso em um livro muito especial chamado *O prazer do texto*, que recomendo demais para todos aqueles que se sentem atraídos pelos sortilégios da palavra escrita.

Nele, a gente aprende que um texto de prazer não é necessariamente um texto complicado, cabeça, cabeçudo ou cabeludo. O prazer do texto tem mais a ver com o tempo que você gasta com ele. Slow! Captou?

Agora, baby, se você vai ficar, namorar ou casar, daí já são outros quinhentos. Mas enquanto estiver, só lhe digo uma coisa: envolva-se. E nessa frutuosa relação, você também será autor.

Topas?

NARCISO ÀS AVESSAS

Alguma espécie de desânimo ou indisciplina se apoderou de mim hoje e me convenceu a não parar para almoçar, pois não sentiria necessidade. Talvez, eu ainda estivesse saciado da minha última refeição, de modo que seria preferível permanecer na companhia daquele livro, aberto sobre minha escrivaninha. Acho que me enganei, como é tão comum acontecer comigo. O horário de almoço terminou, as obrigações do trabalho começaram a chegar e agora estou com fome. Pelo menos, ganhei a leitura de mais algumas crônicas e, com ela, uma nova e dolorosa chance de me confrontar com textos alheios: o espelho de quem escreve.

Vejo-me, agora, cotejando frases, desenterrando inadvertidos significados ocultos no meu léxico, buscando a palavra exata de cada pensamento ou a melhor ambiguidade para cada sentimento a ser comunicado de soslaio.

Leio livros como um Narciso às avessas: sentindo um medo masoquista de minha própria imagem. E nessas horas, me pergunto por que ainda insisto em escolher e desenhar palavras em um espaço qualquer, virtual que seja, se o essencial já não foi dito pelos escritores que eu admiro; se tantas palavras já não foram desperdiçadas por aqueles que eu detesto.

Mas, por um impulso qualquer, de sofrimento ou de prazer, por ingenuidade, coragem, desprendimento ou mera temeridade, insisto em continuar alinhavando meu verbo, entregando pedacinhos da minha alma para quem nem sequer os pediu. Talvez eu sofra da síndrome de todo escritor ou de toda pessoa comum, que compulsivamente estampa seu sorriso platinado nas redes sociais: o desejo da imortalidade, o pavor de não existir ou de ser esquecido.

No Twitter, há tempos sou um entre os milhares de seguidores do autor cujo livro tenho sobre a mesa. Mas, até pouco tempo atrás, não conhecia nenhum de seus trabalhos. Por casualidade, vi uma entrevista dele na TV. Ele era relativamente jovem. Fora isso, nada me chamou a atenção de maneira especial. Comecei a segui-lo, pelo simples fato de ser um autor contemporâneo, por duas ou três opiniões simpáticas e, sobretudo, por reunir em torno de seu perfil outros tantos perfis de pessoas que também têm por hábito se entregar ao prazer da leitura.

A abundância de tweets disparados por ele me levou a perguntar por seus títulos em uma agradável livraria de rua que frequento. A vendedora me apresentou, então, nem sei mais quantos volumes, com cerca de trezentas páginas cada, cobertas de crônicas e poemas.

Tomei um susto ao me deparar com tamanha prodigalidade de escrita. Pelo título e pela orelha, escolhi um. A leitura é fácil e o texto bem cuidado: coloquial sem ser vulgar, banal sem ser previsível, confessional sem ser melodramático. É o que talvez possa, sem qualquer juízo de valor, ser classificado de literatura pop, isto é, uma escrita despretensiosa e não ofensiva aos leitores mais exigentes.

O que me impressiona em autores como esse não é, portanto, o tema ou estilo que desenvolvem, mas o volume de sua produção. Então, sinto uma pontinha de inveja desses privilegiados, que dormem e acordam com suas frases, e, durante o dia, eles ainda têm tempo de levá-las a passear de mãos dadas, nos cadernos, nos guardanapos, nos computadores, nos tablets.

Não sei se tenho esse tempo todo. E não sei se tenho imaginação para criar tantos universos. Mas, de todo modo, como um álibi, sigo buscando a palavra certa para enriquecer de sentidos a palidez de uma vida vazia.

MEDITAÇÃO URBANA

Caminho no calçadão do Parque Municipal, vindo do Palácio das Artes, em direção à movimentada esquina do Mercado das Flores. Mil vezes bendita, a cidade que tem a sorte de possuir entre seus principais pontos de referência um mercado de flores!

Caminho tendo a minha esquerda altas paredes de edifícios apontando para o céu e um rio turbulento de asfalto e fuligem; e à direita, o gradil que separa tudo isso, das figueiras, dos ciprestes-calvos, dos flamboyants, das sapucaias, dos lagos das carpas, dos pedalinhos e das alamedas sombreadas do parque.. Penso no tempo em que as grades ainda não estavam lá, quando Belo Horizonte era alegremente conhecida como Cidade Jardim. Penso e dou de ombros em muda resignação.

Enquanto caminho, sinto a camiseta ensopada de suor colando nas costas sob o peso calorento da mochila. Estamos em março e, por aqui, o escaldante sol do meio-dia é mesmo coisa para profissionais. Sim, para ambulantes profissionais, vendedores de água que, nessa época do ano, nunca ficam sem fregueses. Súbito, mudo de planos. Abro mão da comida no meu horário de almoço, compro uma garrafinha gelada no isopor de um camelô e decido passar a próxima hora sob a sombra de uma daquelas árvores centenárias.

Nem preciso andar muito dentro do parque e já encontro o refúgio ideal. É um banco desses feitos de ripas de madeira com armação metálica que, de certo, há muito não recebe a luz direta do sol. Ali, a atmosfera é úmida e a temperatura deve estar uns dois graus abaixo daquela da rua. O cheiro de mato e a ausência do som de motores e sirenes me tranquilizam e me transportam para longe. Estou a menos de cem metros do asfalto e já nos umbrais de uma outra dimensão. "Como é poderosa a natureza"! Penso eu, recostado no espaldar curvo do banco, uma das mãos espalmada sobre a mochila no colo, a outra segurando a garrafinha, de olhos quase fechados, com a respiração lenta e profunda. Bebo de uma só vez a metade da água e sinto o líquido precioso abrindo caminho com seu frescor por dentro de minhas entranhas vazias. Entrego-me, livre e inteiro, a esse instante de autoconsciência e meditação, incomensurável no seu tempo lógico. Pacifica-me lembrar que um pouco de jejum acalma a mente e ajuda a clarear os pensamentos. Pelo menos, é isso que ao longo da história nos têm ensinado diversas filosofias e religiões.

Contudo, sei que não fui levado até ali por qualquer razão metafísica. Quero apenas descansar um pouco, escondido o mais que possível do caos urbano de todo dia. Voluntária e organizadamente, vou relaxando cada músculo do corpo, do jeito que aprendi nas antigas aulas de yoga, começando pelos pés, pernas, até chegar nos músculos da face. É incrível como a tensão nos deixa feios!

Desabotoo de uma vez a mente e os pensamentos jorram soltos. A primeira ideia que me vem é uma bobagem muito besta. Se BH fosse NY, aqui seria o Central Park...

Como não sou de perder bonde, embarco feliz na viagem. Em poucas sinapses, trago de volta, para dentro da cabeça, o mais tórrido verão passado na Big Apple, quando assisti, energizado, à vigorosa performance da banda mexicana Café Tacuba, no famoso Summer Stage, no Central Park.

Nunca tinha visto tanta gente pirada junta. Uma comunidade latina linda, tresloucada e pulsante, punk e mega doida. "Ten thousand people maybe more", contabilizo, entregue ao fluxo anárquico dos pensamentos sem rédea que, espontaneamente, me trazem o verso de "Sound of Silence", de Simon e Garfunkel, durante o histórico revival concert da dupla, também num, Summer Stage, no Central Park, lá pelo início dos anos oitenta.

A uma curta distância de mim está o palco com os performáticos músicos do Café Tacuba; e, bem a minha frente, um oceano de braços erguidos que se agitam como num maremoto humano movido pelo peso do som que reverbera furioso dos descomunais alto-falantes. Do meu lado, uma loira metida em um shortinho minúsculo surge montada nos ombros de um fortão sem camisa e corpo todo tatuado. A dupla passa esgueirando-se na aglomeração, em um espaço tão espremido, que uma das coxas nuas da garota por pouco não se esfrega em meu rosto. Paira no ar, o aroma doce e denso de marijuana misturado aos vapores calientes da multidão ensandecida, enquanto acordes de guitarra destorcida flamejam suportados por teclados de timbre estridente, uma bateria acelerada e um contrabaixo que se faz sentir desde o âmago do estômago, com a voz rouca e anasalada do vocalista.

Dou por mim, com joelhos e pés marcando ostensivamente a pulsação da música, cabeça e corpo inclinados para um lado, dentes cerrados, olhos apertados provocando rugas no nariz, dedilhando cordas imaginárias sobre a mochila. Uma cena risível, porém, cada vez mais corriqueira desde que fones de ouvido se tornaram acessórios tão comuns como bonés, óculos, brincos e outros perequetês. É só pensar nisso que o concerto do Café Tacuba, no Somertage, do Central Park, se evapora como mágica da minha cabeça, sem deixar vestígios nem sequer de sua duração, nos mecanismos insondáveis da memória.

Abro os olhos, respiro fundo o cheiro de grama e sinto, com renovado prazer, o calor úmido do bom e velho Parque Municipal. Com um gesto vago, espanto a mosca que vem zumbir na minha orelha e me deixo ficar por ali, apenas isso, tranquilamente, sentindo que estou muito bem.

PORQUE DE TUDO SE FAZ PROSA

Estou deitado sobre uma maca em uma sala gélida de paredes brancas. Visto apenas camiseta, short de algodão e meias, horríveis, por sinal. Minha perna esquerda foi acomodada sobre uma espécie de plataforma na maca. Abafadores de som parecidos com grandes fones de ouvido foram colocados em minha cabeça. Devo ficar tranquilo, pois o procedimento será indolor e não irá demorar. É o que me pedem e o que me garantem antes de me deixarem só.

Entretanto, é imprescindível que eu não me mova até que tudo acabe. Talvez em quinze ou vinte minutos. Pelo sim ou pelo não, uma campainha de emergência me foi entregue para ser usada, estritamente, em caso de necessidade. Mas não sei qual seria o caso, nem tampouco o que acontece se eu acioná-la.

Não possuo marca-passo nem qualquer outro artefato de metal no corpo. Não sofro de claustrofobia nem de síndrome do pânico. Não tenho alergia a mercúrio nem a outras substâncias. Minha tatuagem mais recente mede por volta de quatorze centímetros e foi feita há uns dois ou três anos. Estes, entre outros detalhes, fui obrigado a firmar em documento, antes de ser liberado para estar aqui.

Nesse ambiente estéril, muito pouco de mim parece ter restado. Estou reduzido a um mero objeto a ser esquadrinhado por uma estranha máquina alinhada ao leito onde, resignadamente, me encontro em decúbito dorsal. Já estou abandonado aqui há uns bons cinco minutos e, para minha apreensão, nada acontece. É até possível que já tenha começado e que, nesse momento, estejam a medir o comprimento das minhas ondas cerebrais, a fim de avaliar minha capacidade de autocontrole em situações tensas.

Então, respiro devagar, como acho que deve ser. De repente, um ruído de máquina funcionando e o meu precário leito desliza para dentro de um bizarro túnel high-tech. Estou, agora, no oco de uma cápsula feita de plástico e metal com pequenos braços mecânicos e luzinhas que mal distingo de onde vêm. Agora, é fato: não há escapatória. A coisa vai começar dentro de alguns segundos.

No alvoroço do instante, meus batimentos se alteram simulando um micropânico que, em seguida, se desfaz. Três, dois, um, é agora! Começa o bombardeio de sons. São sirenes, marteletes, britadeiras, cascatas de barulhos diversos, em mono, em estéreo, vindos de um lado e de outro, vibrando cada átomo meu, sacudindo tudo, por dentro e por fora, no corpo e na mente. Barulho, barulho, barulho. E tome ruído, mais alto e mais baixo, mais longo e mais curto, mais grave e mais agudo, soando individualmente e em polifonia. Barulho, barulho, barulho. E eu enlouquecendo aqui dentro.

De olhos fechados, sem qualquer outro estímulo a não ser os sons, sinto que eles preenchem todo o meu ser. Suas vibrações pressionam cada cavidade do meu corpo, cada vácuo de minha mente, que vai se esvaziando de pensamentos outros que não sejam o da onipresença desses sons. Vejo-me, agora, transmutado em folha seca viajando ao sabor do vento, soprada de todos os lados, misturando-se à poeira do chão, alçando diminutos voos quando o vento dá de soprar mais forte, para depois, novamente, rolar na terra, varrida junto a outros corpos da mesma indizível leveza. Arrastada totalmente e fora de qualquer controle e previsibilidade: apenas uma folha seca ao léu.

E tome mais barulho, barulho, barulho, vindo da esquerda, da direita, dos pés, da cabeça, sob o dorso, sobre o ventre, de cima, de baixo, barulho, barulho, barulho. E eu aqui me desmilinguindo sob o poder alucinante da acústica.

Se querem saber, estou, na verdade, bem no centro de um campo magnético, sendo bombardeado por ondas de rádio que, ao final, melhor do que este livro e de tudo que já escrevi ou ainda escreverei, mostrarão àqueles que me enviaram para cá uma imagem pretensamente exata de como eu sou por dentro. O que eles não sabem é que há, no entanto, em mim, uma parte inescrutável, feita de puro mistério e silêncio.

ENQUANTO CORRO

Haviam se passado trinta minutos que a esteira estava rodando a uma velocidade de dez quilômetros por hora, quando comecei a sentir o flashback de uma das emoções mais intensas que já experimentei na vida.

O suor me escorria pela testa, pelos braços, pelo queixo, pelos flancos do nariz, pelas costas e peito, com o coração se aproximando dos cento e cinquenta batimentos. Por sorte, ainda faltavam vinte minutos para o término do treino proposto e aquela sensação, embora pequena, teria tempo de crescer. A respiração compassada e profunda inundava meu cérebro de oxigênio. As pernas aguentavam o tranco e isso era tudo de que eu precisava para continuar.

O estrondo das águas foi me chegando aos poucos, primeiro como o rumor de uma corredeira mansa, que logo se avolumou. Um trovão de som ininterrupto a me latejar as têmporas. Sentiria medo se não fosse pela intuição de que aquilo era apenas o prenúncio sensorial de uma avalanche de memórias muito boas, que estavam para se desencadear dentro de mim e me transportar de volta para o centro daquela natureza turbulenta, implacável e assustadoramente bela. Garganta do Diabo! O nome me veio como um grito.

De propósito, fechei os olhos para me concentrar melhor no ponto azul que me guia e equilibra durante corridas mais longas. Já não sentia as pernas. O corpo leve vibrava quente, maquinal. Garganta do Diabo, Parque Nacional do Iguaçu. Um bote inflável munido de dois poderosos motores de polpa investindo, com camicase bravura, contra as espumas furiosas sobre o leito revoltoso daquela porção do rio. Dentro dele, meia dúzia de nós, criaturas minúsculas, assistíamos arrebatados ao céu imenso que desabava sobre nossa insignificância. Esmagadora potência aquática com rugido de cem mil milhões de trombetas, sob as ordens de um deus vingativo, invejoso do amor demasiado humano entre a bela Naipi e o jovem Tarobá.

Segundo a cosmologia dos povos que habitavam a região, Naipi, virgem dona de uma beleza fulgurante, havia sido prometida em sacrifício a uma divindade filha de Tupã, que possuía o corpo em forma de serpente e que governava o rio e as matas. Acontece, porém, que o jovem guerreiro Tarobá também se apaixonou por ela e por ela foi correspondido. No dia marcado para o sacrifício, durante a festa, aproveitando-se de um momento de embriaguez dos chefes da tribo, os dois amantes fugiram pelo rio em uma canoa. Ao saber disso, revoltada, a tal divindade do corpo de serpente cortou o rio, criando, assim, as Cataratas do Iguaçu e condenando os dois amantes a uma queda eterna misturados às águas. Essa é uma boa história, contada e recontada em muitos idiomas aos turistas que vão até lá se embasbacar com aquela maravilha única.

Mas, quantos remanescentes dos caingangues e xoclengues, outrora senhores de tudo aquilo, ainda sobrevivem nessa fatia do continente americano, com sua cultura, hábitos e costumes herdados de seus parentes mais antigos? Vou dizer: hoje são contados às centenas ou punhados nos dedos de poucas mãos, ou talvez nem se contem mais do jeito de antes.

O frequencímetro da esteira chegou aos 146 beats e minha camiseta de poliamida estava encharcada. Alguém tocou meu braço e disse qualquer coisa que não ouvi. Abri os olhos. Precisava me fazer presente. Era a professora mais bonita da academia, com seus cabelos loiros presos pelo alto e aquele jeito caipira de enrolar a língua ao pronunciar os erres. Ela fez alguma coisa assim com a mão, mas eu não captei o gesto. Apenas balancei a cabeça e sorri como se tivesse entendido. Depois, enxuguei o rosto com a toalha e me virei para a direção onde ela estava. "Ela já saiu", disse Matias, com respiração tranquila, em pé do lado de fora da esteira, enquanto eu bufava em cima dela. Fechei os olhos e tornei a me concentrar. Pernas pra que te quero!

Foram cerca de quatrocentos anos de resistência, desde o fatídico encontro com aquela gente imunda, malcheirosa, de corpo estranhamente coberto, pelos na cara, com suas pestes e suas lanças de fogo e trovão. Quatrocentos anos de aniquilamento. E a situação piorou quando, no início do século XX, o pouco que lhes restara de suas terras, demarcadas pelos invasores como um prêmio de consolação, passou, de maneira criminosa, a engordar a pança de cafeicultores e piratas de araucárias, que avançaram também sobre elas. Para estes, em sua infinita ganância de branco, toda riqueza ainda será sempre pouco. O parque teria sido criado então, em 1939, sob o pretexto de proteger pelo menos o pedaço mais belo daquele mundo, com sua fauna, flora e, principalmente, com suas águas.

E pensar que o primeiro europeu que teve o privilégio de encher os olhos com o branco das cataratas veio a ser o espanhol Álvar Nuñes Cabeza de Vaca, em 1541. Um humanista que influenciado pelas ideias de seu contemporâneo, também espanhol, frei Bartolomé de Las Casas, dedicou boa parte do seu trabalho nas Américas, à proteção dos índios, tendo sido, inclusive, perseguido por isso. As cataratas que chegaram aos seus olhos não eram aquelas de cegar. Eram, pelo contrário, em sua magnificência, motivo bastante para agradecer aos céus pelo dom de ver. Uma natureza viva de encher não só as vistas, mas os ouvidos, os pulmões, as ideias, tudo. Certo é que ele recebeu no instante mesmo do encontro com as águas, a suprema dádiva de testemunhar, para os seus, o poder sobrenatural de um deus selvagem.

Sério, alguém ainda precisa fazer um filme sobre as muitas vidas desse homem. Um filme não, uma série, dessas com várias temporadas. Sim, porque esse fidalgo aventureiro teve o que se pode chamar de muitas vidas numa só. Foi soldado, náufrago, escravo, curandeiro, camareiro, comerciante, prisioneiro, escritor, além de ter sido, também, tesoureiro real na Flórida e o primeiro governador da Ilha de Santa Catarina, até terminar sua vida como frade num convento. Foi numa expedição, pela pouco conhecida região do Rio da Prata, rumo à recém-fundada cidade de Assunção, que Cabeza de Vaca se deparou com a impressionante grandiosidade das Cataratas do Iguaçu.

No miolo da Garganta do Diabo, impulsionado pela potência de seus dois motores, o bote avançava com bravura, corcoveando sobre as águas turbulentas, tentando se aproximar o mais que possível da queda d'água. Um misto de euforia e de terror se apossava de nós a cada rodopio que dava aquela frágil embarcação. O barulho era de tal maneira ensurdecedor, que nós mal ouvíamos os nossos próprios gritos. Envolvia-nos a vertigem de se estar aos pés de uma avalanche aquática a despencar da altura de um edifício de trinta andares. Percebi, naquele momento, com máxima clarividência, a verdadeira dimensão do ser humano em face da natureza e tive uma autêntica epifania, uma inexplicável experiência mística, que ficou para sempre impressa na minha alma.

Um arco-íris ia colorindo a névoa branca e densa que se formava no choque das águas e nos envolvia com trilhões e trilhões de gotículas suspensas no ar. Ao redor de tudo, o espírito da floresta nos observava, abençoando. No apogeu dessa lembrança, aos 154 batimentos, a esteira, por fim, entrou em moderação, para alívio do meu doido coração aventureiro.

O AVESSO DO ÊXTASE

Por aquele caminho, ele passava todos os dias. Movia-se com a leveza de um colibri pelas irregularidades da calçada ladeira abaixo. A memória dos seus passos o prevenia de cada rachadura no cimento, cada pedra solta com displicência, cada declive, cada armadilha.

Na mão direita, o bastão longo que lhe encompridava braços, pernas e dedos, substituía-lhe para fins práticos o olhar, que alheio à luz lá de fora, voltava-se para dentro, esvoaçando feito mariposa bêbada na órbita de uma outra luz também brilhante, vinda sabe-se lá de que porção da sua alma.

Gostava de ouvir a música das coisas e, às vezes, nessa caminhada, distraía-se brincando de compositor com os barulhos que lhe cercavam. Conhecia a noção pitagórica da harmonia das esferas bem como as reflexões de Timeu nos diálogos de Platão. Assim, tomando liberdades com esses pensamentos, tentava criar para si mesmo, sem nenhum rigor, uma teoria para a suposta afinação do mundo.

Por ela, ia recriando como um demiurgo platônico, o caos sonoro de seu espaço urbano: pneus cantando no asfalto, alarmes de edifícios, o ladrar de um cão, a motocicleta acelerando ao longe e, nos breves intervalos de quase silêncio, sapatos ecoando na calçada, vozes femininas e o chamado aflito de um bem-te-vi.

Organizar em fatias de tempo os barulhos do mundo seria uma forma de compor música. E, muitas vezes, em alguns trajetos, dedicava-se a essa que era sua distração favorita. Nesses momentos, ele contemplava ao mesmo tempo em que produzia. Sua marcha ia marcando os compassos que ele inventava e, dentro deles, colocava nacos da paisagem sonora, conferindo-lhes algum sentido estético.

Porém, nem sempre se contentava com os sons que lhe rodeavam. Algumas vezes recorria a sua prodigiosa memória aural e, mesmo não sendo instrumentista, sobrepunha mentalmente sofisticados arranjos de piano as suas pequenas peças formadas de ruídos, imaginação e gosto. As músicas improvisadas eram, no entanto, como esculturas de gelo sob o sol: feitas para serem fruídas com urgência, antes que em água, depois em vapor, se tornassem.

Mas sendo como era, um analfabeto musical, ele não poderia anotar nas partituras feitas de pontinhos em relevo, os acompanhamentos de piano que inventava, nem tampouco os barulhos da rua, leitmotiv das composições, para estes sequer havia notação possível. Assim, a fugacidade e a surpresa dessas pequenas peças artísticas, as quais só adquiriam sua efêmera existência dentro da cabeça daquele bizarro compositor, fossem talvez o que mais o encantasse naquele jogo criativo. A questão era ser feliz ali, naquele momento único, e isso ele sabia ser.

A música, arte que se dá no tempo, era para todos os efeitos a ilustração e a comprovação de sua filosofia. Desde sempre, ela o ensinara que não há felicidade nem qualquer outro estado de alma que seja permanente. E, desse modo, era fácil para ele compreender a metáfora heraclitiana do rio que corre sem cessar, simbolizando o permanente vir a ser de tudo.

Daquela vez, no entanto, seus devaneios sonoros foram interrompidos com brutalidade por nada menos que a dor, que é como se sabe o avesso do êxtase. De súbito, como uma bofetada, um objeto agudo lhe atingiu a têmpora, provocando além do susto, uma ardência lancinante. Levou a mão ao centro da dor e pôde sentir, nos dedos finos, a umidade do sangue que já escorria do arranhão deixado na testa por um desmancha-prazeres violento e inoportuno. O que teria lhe arrancado, assim, de maneira tão drástica, do doce convívio com sua música interior?

Vasculhou com o braço próximo de sua cabeça e não demorou a encontrar um arbusto espinhoso que, não se conformando com a contenção das grades de um muro, projetava-se através destas direto para o centro da calçada. Com o sangue nos dedos e na testa, sentiu raiva por deixarem exposta ali armadilha tão perigosa. Teve vontade de xingar alguém, de reclamar, de esbravejar, mas percebeu logo que não havia ninguém ao redor. Depois, recuperando a calma, apalpou o arbusto com o devido cuidado para não se ferir ainda mais nos grossos espinhos e entendeu tratar-se de uma roseira, em cuja ponta havia três perfumadas rosas abertas em toda sua plenitude. Um encanto talvez para quem pudesse vê-las.

Três rosas grandes, vermelhas, amarelas, brancas ou cor de chá (que ele já nem lembrava mais como era) colorindo com inquestionável beleza o caminho por onde ele passava todos os dias, mergulhado em sua inatingível música.

METAMORFOSE

São sete e meia. O céu denso e as luzes dos postes acesas da avenida ainda trazem os últimos resquícios da noite. A garoa fina salpica de gotículas o para-brisa do carro que dirijo, enquanto os pneus ressoam na pista molhada.

Paro na esquina para comprar um maço de cigarros. Se você não fuma, cara, nunca vai entender o significado desse gesto. Um café, um trago e meu olhar vagueia pela rua vazia, nessa manhã que, de todo, ainda não aconteceu. Permaneço de pé do lado de fora da birosca a observar minha própria indigência. Com as roupas amarrotadas do dia anterior, já começando a se encharcar, sinto que me desconheço por completo.

Limpo com o ombro uma gota mais grossa que escorre do cabelo e faz cócegas em meu pescoço. Mais um cigarro e agora um conhaque para começar o dia. Meu estômago queima nauseado.

Sem querer, pouso o olhar em alguma coisa que parece ser um corpo estirado sob a marquise do outro lado da rua. Fora o mal-apessoado dono da birosca, ninguém mais há por aqui. De um só gole, bebo o resto do conhaque. Depois, entro lá e peço outros dois em copos descartáveis bem cheios. Carregando os copos, atravesso sem olhar as duas pistas desertas e paro diante do corpo enrolado em trapos de lã fedorentos.

Com a ponta do sapato, cutuco não sei que parte da indecifrável criatura, que nem sei se está morta ou se dorme a sono solto como se fosse na varanda de sua casa. E como não obtenho qualquer resposta, cutuco de novo com redobrada determinação. Só então, a criatura se mexe e o som que emerge dela é quase uma voz humana. A criatura já não está deitada. Em face de minha inesperada presença, ela parece fazer algum esforço para se sentar, enrolada em seus andrajos. É, nessa hora, que consigo, enfim, divisar seu rosto macilento, de traços indistintos sob a barba, a cabeleira e as sobrancelhas há tempos sem cuidados. Porém, nossos olhos não se cruzam., mesmo que o homem (agora vejo que posso defini-lo como tal) já os mantenha bem abertos. Ele parece buscar a todo custo não defrontar seus olhos com os meus. E, sem me fitar, emite alguns grunhidos parecidos com palavras. No entanto, o maxilar não se move e a voz que sai de sua garganta é grave, rouca e abafada: dois ou três fonemas, um resmungo, não mais que isso.

Sem dizer nada, me agacho e lhe estendo um dos copos. Para falar a verdade, eu também não estou de conversa. Mas tenho dois copos nas mãos e um está sendo oferecido ao homem, que demora um pouco a acreditar na ação. Depois, pega o copo e o leva ao nariz. Os lábios se contraem num arremedo de sorriso, apenas perceptível pelo deslocamento sutil da barba. Nenhum outro músculo do rosto se mexe e os olhos permanecem baços a mirar o nada diante de si.

Alguns segundos depois desse movimento congelado, pupilas paradas e o copo à altura do queixo, em gesto súbito, o homem vira de uma vez a metade do conhaque. Faz uma careta, solta um forte estalo com a língua e um ah de satisfação. Depois, de um só gole, vira a outra metade do copo e de rosto afogueado, finaliza com uma gargalhada que lhe deixa à mostra os poucos dentes podres.

Ainda agachado, meto-lhe na boca um cigarro e aproximo meu isqueiro em modos cavalheirescos. Pela primeira vez, ele me olha. Nos seus olhos, há espanto. Despojando-me de tudo, acomodo-me ao seu lado na calçada, as costas contra a parede do edifício, as pernas cruzadas em lótus e, com goles largos e a garganta em chamas, esvazio o conteúdo do copo que restava em minha mão. Ele me estranha e se afasta sem dizer nada. Depois, fecho os olhos e, quando os abro, meu companheiro já não está mais lá.

Mais uma vez, o dia estava posto por inteiro e, na minha frente, transitava gente às manadas. Minhas roupas estavam gastas e minha barba estava grande e havia se passado horas, semanas, meses, anos e, naquela calçada, ninguém me estenderia, jamais, um mísero copo de conhaque.

DESPEJO

Me alembro bem do dia em que nóis foi mandado embora. Era dia de chuva que nem que essa que cai agora, que num é chuva de goteira, mas de barde. Chuva dessas de encharcá as roupa da gente, os osso e inté a arma. Era de manhã bem cedinho, que os menino nem tinha alevantado, e eu me alembro direitinho quando os home chegô na vila, com os caminhão, os trator e inté com a polícia. A orde era tirá nóis tudo e desmanchá os barraco.

Nóis já tava com o coração resignado, porque sabia que num diantava mais botá resistência, que nosso adevogado, uns moço novo mas bão que só veno, já tinha perdido tudo na tar de justiça. E, no finar das conta, como se diz, a justiça dos home é cega.

Cega mesmo pra num vê que muitos de nóis passô ali anos e anos e que aqueles barraco simpres era, muitas vez, fruto do trabaio da vida toda. Cega pra num vê que a gente saino de lá num ia tê pra donde ir, porque o prefeito prometeu levá nóis pra outro lugar, mas as casa, inté hoje, num tava pronta, e o tar lugar, que ele chamava de Nova Vila Maria, era nos cafundó da cidade, sem transporte nem nada. Cega mesmo pra num sabê que nesse mundo de meu Deus, todo mundo devia de tê direito de um lugar seguro pra criá os fio. E tamém cega pra num vê que aquela era uma gente pacífica que nunca tinha caçado pobrema no bairro e que nóis tudo trabaiava era por ali mesmo nos comércio e nas casa dos rico.

Foi que, daquela vez, eles já chegô fazeno baruio, celerano aqueles motorzão e com a sirene das rádio-patruia ligada, que já dava pra ouvi de longe. Nóis, lá na vila, fiquemo só esperano. Esperano sem medo, de cabeça erguida, juntano nos trapo o resto da dignidade que nóis inda tinha.

Era a tar de reintregação de posse pros dono do terreno que nunca botô os pé lá, mas que o juiz mandô. E nós num ia oferecê resistência. Só que tem que nós num tinha mesmo pra donde ir e tava chovendo muito forte, antão num tinha jeito. Era esperá a chuva passá pra saí, com os véio, as criança mais as nossas traia toda, ou ficá inté que eles desmanchasse os barraco e arrancasse nóis de lá a força.

A chuva num passô e antão nóis fiquemo, já com os barraco moiado por dentro.

Nos arto-falante das rádio-patruia, os home começô a dizê que era pra nóis saí assim que a chuva estiasse. E, despois dos aviso, eles quietô de nóis inté pensá que eles tinha desistido e ido embora. Só que num foro nada. Quando a chuva carmô, que tava bem fininha, eles ligaro de novo aquelas bençoada sirene baruienta e tornaro a avisá que era pra nóis saí, que nóis tinha uma hora pra deixá nossas casa, que a orde era derrubá os barraco tudo. E começaro a pressioná nóis.

Cada dez minuto, eles tornava dizê que o nosso tempo tava acabando. E a chuva mansô, mas inda num tinha parado de tudo. Cumé que eu ia fazê pra saí com os dois menino pequeno mais o nenê que num parava de chorá embruiada nas manta e inda tendo que carregá meus trem tudo? Inté que eu já tava acostumada a criá os menino sozinha, desde que a mãe deles sumiu no mundo e deixô eles pra mim oiá. Mas num fiquei sozinha de tudo não. Nóis teve muita ajuda das outra mãe e das avó da comunidade. Porque, pra falá verdade, ali era poucas criança que tinha pai. Os home da vila era quase tudo doente ou imprestáviu. E eu tava afrita porque, saindo de lá, eu num sabia mais cumé que ia sê.

Foi quando o rapazinho, esse meu mais véio, o Amarirdo, de treze ano, que era quem mais me ajudava a oiá os irmãozinho dele, menino bão que só veno, já trabaiava e tudo, num guentô aquela pressão e saiu pra fora do barraco tacano pedra e xingando os home de tudo que é nome feio. Deus que me perdoe: parecia que tava com o diabo no corpo. Inté que ele acertô uma pedra nos vrido duma rádio-patruia e foi aí que começô a desgracera. Os home começô a tacá bomba de gás, com as sirene ligada, com aqueles baruio de exprosão, que todo mundo começô a saí dos barraco de carqué jeito, debaixo de chuva mesmo. E quem num saía os home ia lá buscá e saía arrastano pelos cabelo muié, véio, criança na maior covardia.

Adipois ocês já sabe: os trator passô por riba dos barraco, muitos deles com nossas coisa dentro e uns inté com os animar de estimação. Num adiantô televisão firmá que naquelas hora inté os jornalista tava apanhano. Parecia coisa do capeta.

Ontão a história é essa que eu já falei mais de trinta vez. Nois fiquemo sem os barraco, sem nossa Vila Maria e fiquemo, mais uma vez, abandonado pela justiça. Mas uma coisa eu vô falá pro sinhô: eu já perdi de um tudo nessa vida, pela vontade do Pai. Mas eu num sô muié de desisti, sabe?. E eu num vô assussegá enquanto eles num me falá adonde é que tá o meu menino. Adonde é que tá o Amarirdo?! Eu num vô desisti de percurá. Adonde é que tá o meu menino?! E eu num vô percurá sozinha. Conto com a graça de Deus mais a força de todas as muié da nossa comunidade.

Porque todo mundo perdeu ali, dotô, e nóis, agora, só qué justiça. JUS-TI-ÇA! Pode escrevê aí.

CHACINA EM VÁRZEA DAS FLORES

"Bandidos invadem um sítio onde estava um grupo de amigos, e barbarizam geral".

Fala sério. Alguma vez, você já pensou em estar dentro de uma manchete dessas?

Pois até aquela noite, fora dos meus piores pesadelos, eu também nunca havia pensado. Mas para você ver que as coisas acontecem é quando menos se espera. Vou, sem rodeios, direto aos fatos. Afinal, muitos anos já se passaram desde então, tempo suficiente para apagar as más recordações dos momentos de terror vividos ali. Até já consigo falar sobre o assunto sem voltar a sentir o sangue congelar. Mais do que isso, sou mesmo capaz de achar uma certa graça daquela situação aterradora. Santa resiliência!

Tudo aconteceu assim: Adrianinha e eu, com outros casais amigos e alguns personagens avulsos, alugamos um sítio às margens da represa Várzea das Flores, situada entre os municípios de Contagem e Betim, região metropolitana de Belo Horizonte. A ideia era passar um fim de semana de boa: churrasquinho, birinaites, piscina, bola, baralho, sinuquinha, música, namoro, só alegria. Na melhor vibe, já provides the bread. Sabe como? Rapeise do bem curtindo seus melhores momentos em um lugarzinho maneiro.

Chegamos lá, mais ou menos, às oito horas da noite, em três ou quatro carros. Fizemos o sorteio dos quartos e, depois de nos acomodar, fomos para a área de convivência para começar a festa. Por volta de uma da madruga, a turma, já cansada, começou a se recolher. Adrianinha e eu fomos um dos primeiros a nos despedir. Sabe como é... tínhamos pressa.

A janela do nosso quarto dava para uma varanda que ficava de frente para a piscina. E assim, ficamos ouvindo por algum tempo a falação dos últimos heróis da resistência, que eram, é claro, os personagens solteiros do grupo. Nunca vi ter tanto assunto! Será que não podiam falar mais baixo? Para a nossa sorte, aquela zorra durou no máximo até as duas. Depois disso, eles também foram dormir. Silêncio. Lá fora ficaram só os grilinhos e os outros barulhos da noite. Depois, apagamos também.

Passado algum tempo, como tenho o sono leve, acordei com as vozes de estranhos conversando lá pelos lados da piscina. Falavam sem nenhum constrangimento. No silêncio da noite, podia-se ouvir com clareza o que diziam. O pior: a conversa deles não era nada amigável. Com um linguajar de malaco, cheio de gírias e de mutilações na sintaxe, os dois sujeitos ficavam elogiando o sítio, dizendo que era coisa de bacana e que eles iriam se dar bem por ali. Enquanto falavam, iam se aproximando mais e mais da casa. Eram folgados e provocadores. Falavam alto, meio alterados por drogas ou por bebida, sem nenhuma preocupação de serem descobertos. Caras assim. pensei, só podiam estar armados até os dentes e dispostos a tudo. Com esse raciocínio, meu sangue talhou nas veias.

Acordei Adrianinha e a fiz entender o perrengue que estávamos passando. "Precisamos manter a calma", disse. "Mas e o resto do pessoal"? Perguntou ela, sussurrando. "Será que não estão ouvindo"? Disse a ela que sim. É claro que estavam ouvindo. Mas, como nós, estavam todos bem quietinhos, se borrando de medo. Não tínhamos o que fazer diante de uma situação daquela.

Os dois homens foram avançando pelo terreno do sítio. Chegaram na varanda e viram os vestígios da nossa festinha. Começaram a dizer que quanto mais gente tivesse, melhor seria. Era sinal de que tinha muita mulher. E davam risadas altas e provocadoras.

— Adrianinha, veste aí a calça jeans! Mas sem fazer barulho! Entendeu? - Era o que eu conseguia dizer naquele momento.

Comecei a ficar com a adrenalina a mil. Elétrico como se tivesse enfiado os dedos na tomada, já meio sentado com as costas apoiadas na cabeceira da cama.

— Vamo caí pra dentro? - perguntou um deles.

— Calma, véi! Tem pressa não. Vamo tomá uma aqui antes. Oia: tem um freezer cheio de cerveja! - respondeu aquele que parecia ser o líder.

E beberam mesmo a tal da cerveja.

Meu amigo, minha amiga, antes que você, com menos de vinte e poucos anos, comece a se perguntar por que não pegamos o celular e ligamos para a polícia, ou por que não mandamos mensagens pedindo ajuda, é preciso dizer que os fatos narrados aconteceram já há bastante tempo. Naquela época, acredite ou não, sequer imaginávamos a existência de celulares. Isso era, no máximo, peça de ficção científica. Não tinha mesmo como chamar a polícia, nem o Capitão América, nem ninguém da Liga da Justiça para nos socorrer. Naquela região deserta, famosa não apenas pela beleza do lago, mas também por ser um manjado ponto de desova de presuntos, nós estávamos, literalmente, nas mãos dos bandidos, passando o maior cagaço.

Foi aí que os dois elementos decidiram que já era hora de entrar na casa. Forçaram a porta que não ficava trancada, e pumba: em segundos, estavam na sala. A porta do nosso quarto era a primeira que se via. Eu já estava subindo pelas paredes, igual a um bicho acuado, pronto para matar ou morrer. E não deu outra. Eles foram direto para a nossa porta e bateram forte. Sem pensar, eu pulei da cama e abri a porta e gritei com eles ferozmente, como bicho acuado que eu era. Ficamos cara a cara. Tão perto que deu pra sentir o bafo quente de álcool nas suas ventas. Foi quando o tempo parou por uns segundos e o desordenado carrossel da vida girou na minha cabeça.

— Óia só, véi! – disse um deles com aquela voz mole e um sorriso idiota. — É o Flajola!

Então, eu não tive dúvidas: enchi a boca e disparei bem na cara deles uma meia dúzia de palavrões, dos piores que pude encontrar no meu vasto repertório do gênero, e bati a porta com tanta força que a parede até tremeu.

— O que é isso?! – perguntou Adrianinha, apavorada – o que foi?!

Respirei fundo e relaxei.

— Não sei quem são esses filhos da mãe – respondi –, mas eles me conhecem. Então, quer saber? Vamos dormir e que se danem.

No dia seguinte, viemos a saber entre risadas de todos, que se tratava de dois convidados que chegariam mesmo mais tarde. Só Adrianinha e eu é que, convenientemente, não sabíamos. Eram amigos dos amigos dos amigos. Dois estudantes de Engenharia que, puxando pela memória, haviam sido apresentados a mim uma semana antes na mesa de um boteco. Mas, enfim, como diz o ditado, o que importa é que entre mortos e feridos, entre bêbados e bandidos, entre traíras e amigos, salvaram-se as broncas, e tudo terminou dentro dos conformes...

Mas se eu estivesse armado...

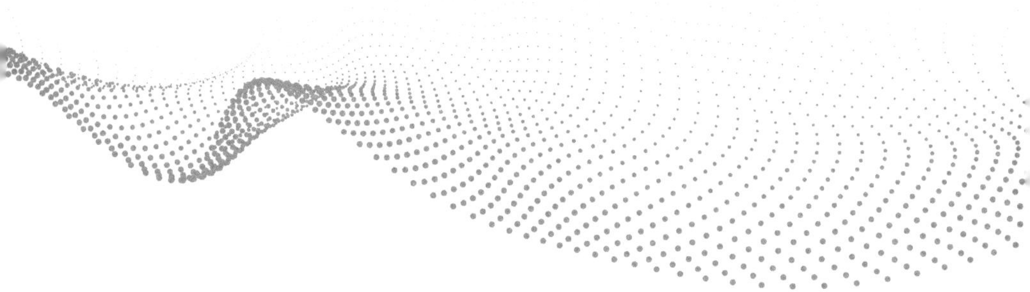

TECO-TECO, CACHORRÃO E O MINISTRO

Nunca tive medo de avião. Ao contrário: sempre gostei de voar. Mas em avião grande. De teco-teco, nunca tinha voado. E, depois dessa experiência, espero nunca mais ter de entrar num desses aviõezinhos.

Naquela tarde, vi minha avó pela greta, como se diz aqui em Minas. Eu havia sido convidado para fazer uma palestra em um fórum de direitos humanos organizado por uma faculdade, na cidade de Montes Claros. O combinado é que eu iria no primeiro voo da manhã. Porém, no dia anterior, por volta da hora do almoço, recebi um telefonema do coordenador do evento, perguntando se eu não me incomodaria em antecipar a minha ida. É que um avião particular iria sair da Pampulha às 16h, levando o então secretário nacional dos direitos humanos. Seria interessante, pois assim eu poderia participar da solenidade de abertura.

Sim... Que maravilha... Claro que compreendi perfeitamente o real motivo do telefonema. Queriam economizar na minha passagem. Mas, tudo bem. Sei que, às vezes, a grana pode ser curta e não me custaria nada atender o pedido. Na hora combinada, fui para o aeroporto e procurei o hangar indicado. Recebeu-me um funcionário simpático, tipo garotão, mas com jeito de militar. Não sei porque, mas acho que todo mundo que mexe com aviação, mesmo sendo civil, leva jeito de milico.

— A aeronave está logo ali na frente – disse o tal garotão – é um Cessna bimotor – explicou ele orgulhoso.

— Posso ver de perto? – perguntei realmente curioso – pra eu ver tenho que por a mão, eu disse.

— Claro! Vamos lá! – respondeu, solícito, o moço.

Fiquei sabendo, então, que ele era o copiloto que nos levaria. O primeiro susto veio quando, ao me aproximar do bicho, percebi que a ponta de sua asa dava na altura da minha coxa. O aviãozinho não era muito maior do que um Chevette. Lembra dele? Pois é... Engoli em seco. Era naquilo que eu voaria? Santo Antônio das Roças Grandes!

— Quanto tempo de voo? – perguntei ao meu anfitrião.

— Umas duas horinhas.

Sei, pensei... Pode ter muita gente aí acostumada com esse treco. Mas pra mim, juro, seria uma aventura. Eu só não podia imaginar que seria tão grande.

A tarde já estava caindo quando o figurão chegou, atrasado, para fazer todo mundo esperar, como é de praxe para todos os de sua casta, acompanhado por dois outros homens. Este é o ministro fulano de tal, disse um deles. E este é o comandante Cachorrão, responsável pelo voo. Apertamo-nos as mãos. Certo... Eu iria viajar com um ministro, num Chevette voador pilotado por Bob Pai e Bob Filho, os personagens de Hanna Barbera, lembra?

Embarcamos os quatro: os dois pilotos, o ministro e eu. O homem que fez as apresentações ficou em terra. O aviãozinho taxiou, correu na pista, em zigue-zague e aos solavancos. Quando eu achei que já estava por um triz, zum! Lá fomos nós pelos ares. No bom sentido, claro. Então veio o segundo e definitivo susto.

Durante a trajetória ascendente daquele carrinho voador, de repente, senti o meu fígado, tripas e tudo que a gente pode ter por dentro irem parar na minha boca. A sensação foi a de estar a bordo de um elevador caindo, ou de um daqueles brinquedos radicais de parque.

— Parece que estamos perdendo altura – comentei com o ministro.

— É – ele respondeu com a voz meio sumida na garganta.

Ouvi um barulho vindo do motor direito e, antes que eu pudesse sentir algum pânico, o aviãozinho se inclinou todo para a esquerda, numa curva fechada em ferradura, enquanto o comandante ordenava quase aos berros: Segura aí, gente! Acabou tudo, eu pensei. Já era!

Imediatamente, senti um forte solavanco e notei que estávamos de novo no chão, mais uma vez correndo em zigue-zague na pista. O Cessna foi perdendo velocidade e, só depois de o meu coração voltar ao normal, consegui juntar saliva suficiente para perguntar ao comandante Cachorrão, o que houve. O avião parou e a resposta veio com um inconfundível tom de alívio mal disfarçado.

— Perdemos o motor direito, mas graças a Deus conseguimos pousar em segurança.

Alguém, rapidamente, abriu a porta do avião pelo lado de fora e me tirou de lá. Os outros eu não sei como saíram, mas sei que foi bem rápido. Desse dia em diante, teco-teco pra mim nem pensar.

Naquela noite, chegamos em Montes Claros em um avião de carreira, já bastante atrasados para a solenidade de abertura...

Na semana seguinte, pousei novamente na Pampulha. Mas, dessa vez, em um avião normal, desses com aeromoça e tudo. O funcionário de terra da companhia, que me acompanhou da saída do avião até o terminal do aeroporto, me contou uma história incrível.

— Nessa pista a gente vê cada coisa! O senhor acredita que, na semana passada, um jato que estava preparado para pousar foi obrigado a arremeter na última hora, porque um bimotor precisou fazer um pouso de emergência?

APERTE O CINTO QUE O PILOTO SOU EU

Ah, carnavais!... Todo mundo tem uma boa história para contar sobre os festejos de Momo. Você também deve ter a sua. Mas esta aqui não é de samba, romance, pierrô, arlequim, colombina, avenida, trios elétricos ou abadás. É a história de um Fusca, alguns amigos malucos e um dono desesperado às raias da loucura. O cenário é a bonita cidade de Fama, às margens do espelho azul da Represa de Furnas, Minas Gerais.

O carnaval ali era pacato. A folia só esquentava mesmo com o cair da noite. À tarde, depois do almoço, as ruas ficavam quase desertas e na casa que o nosso bloco havia alugado, o tédio se instalava. Era preciso um bocado de criatividade para animar o pedaço. A casa até que era confortável e não deixava a desejar. O aluguel estava sendo dividido entre o Christian, a Bruxa, o Véio, o Lelo, a Brum, a Lourdinha, o Digão e eu. Cada um ali tinha a sua dose de inventividade e de bom humor, para não dizer outra coisa. Mas, com o tempo, fomos descobrindo que a situação ficava mais braba e pegava fogo mesmo quando o Christian ou a Bruxa resolviam ter as suas ideias.

Naquele dia, fazia muito calor e decidimos dar um tibum na represa. Acontece que a parte boa para banho ficava um pouco distante da casa. Estávamos apenas no segundo dia do nosso feriadão e, como nunca tínhamos viajado juntos, nenhum de nós, até então, sabia, verdadeiramente, do que o outro era capaz. Éramos, quase todos, almas simples, porém, nem tão inocentes assim. Mas, sobretudo, éramos bastante observadores uns dos outros.

Sabendo que o Digão havia preferido ficar em casa descansando, a bruxa sugeriu ao Christian que pedisse emprestado a ele o seu fusca. No carro, além do Christian, iríamos também eu, a Lourdinha e a Brum, levando é claro, isopor, gelo e as loirinhas enlatadas, companheiras indispensáveis da folia. Os outros da casa foram fazer não sei o quê.

A tarde estava ensolarada e quente. O lugar escolhido para o banho era perfeito. Foram muitos mergulhos, muitas braçadas, muitos goles e muita zoação. Era carnaval, minha gente! E sabem como é: nessa época, Apolo tira férias e Dionísio reina absoluto. Falando em português claro, o bom senso vai pras cucuias e o espírito da aprontação impera.

Pois bem, depois de termos ficado horas na represa, achamos que seria uma boa ir dar uma olhada no mirante que ficava ali perto. A tarde caía mansa e o nosso isopor já estava vazio. Entramos no fusquinha emprestado e fomos. Sem que a Lourdinha e a Brum ouvissem, o Christian me perguntou se eu sabia dirigir. Disse a ele que sim e lhe expliquei a minha técnica. Ele deveria sentar no banco do passageiro da frente e ir segurando o volante com a mão esquerda. O resto podia deixar comigo. Ah! Claro! Deveria falar também quando frear e onde eu podia acelerar. Essa eu quero ver, disse ele com um sorriso maligno. Fechado! Eu é que quero ver se você tem braço mesmo, desafiei.

Chamei as meninas. Era hora de voltar para casa. Havíamos combinado com o Digão que voltaríamos no máximo às quatro e já passavam das seis. Dessa vez eu vou na frente, disse eu. As duas entraram no banco de trás rindo muito de alguma treta paralela. Então, sentei no lugar do motorista e anunciei sacudindo as chaves que quem iria guiando era eu. As meninas estavam às gargalhadas, envolvidas, ainda. nos assuntos delas e, de início, nem prestaram atenção. O Christian sentou do meu lado e eu dei a partida no motor. Para com isso, Flajola! O que você tá fazendo? Disse a Brum, soluçando de tanto rir. E o Fusca começou a se mover.

Apertem o cinto, pessoal, que agora o piloto sou eu! Huhuuu!!! Eu disse, fazendo voz de comédia, enquanto acelerava o carro no terreno pedregoso da estradinha de terra. Incrédulo, só restou ao Christian segurar firme o volante. Diminui, Flajola! Eu pisava no freio, o Fusca saía de bunda, as meninas riam de nervoso. Olha a curva! Não pode frear! Tira o pé! O copiloto grudava o volante e a gente levantava poeira pra todo lado. Para, que eu tô fazendo xixi! Gritava uma das amigas. Eu não parava, incentivado pelo Christian que ficava só botando pilha: Agora vai, vai, Flajola! Esse é o rali de Fama! Huhuuu! Fomos nessa adrenalina até acabar a estradinha de terra. Pegamos o asfalto e aí fomos mais tranquilos, inclusive com as meninas já mais ou menos acostumadas com a novidade, mas ainda rindo muito e falando sem parar.

A noite havia chegado e na frente da casa o Digão nos esperava roendo todas as unhas. Tranquilizou-se um pouco logo que o farol do seu querido Fusca despontou na esquina. O carro estava imundo, mas parecia inteiro. Porém, o desespero lhe voltou com todas as forças assim que ele viu quem estava no volante. Levou as mãos ao rosto, soltou um palavrão daqueles e nem quis ficar para assistir a manobra quase perfeita que fizemos ao estacionar.

Naquele dia, demos trabalho aos anjos da concórdia. Mas no fim de tudo, como tinha de ser, a paz reinou. Afinal de contas, era carnaval, my dears.

NEGUINHA DA PAQUEQUER

Em 1983, ainda nos tempos da ditadura militar, eu estava no segundo ano do Ensino Médio e participei do grande festival da canção do Colégio Estadual Central, com três músicas de minha autoria... Na época, o emblemático colégio, com seus belos jardins e seus prédios nos formatos de régua, mata borrão, borracha e giz, planejados na prancheta de Niemeyer, era uma importante referência política e educacional para a galera mais descolada da cidade. Acontece que, por trás daquela festa, o clima era meio pesadão. Hoje, nem dá pra imaginar uma coisa como essa, mas as canções inscritas tinham de passar antes pela censura federal. Considerando esse fato, não sei se para o meu orgulho ou vergonha, todas as três músicas que inscrevi foram aprovadas. Enfim, as regras do jogo eram essas.

No primeiro dia do festival, apresentei duas delas acompanhado por um grupo de amigos músicos formado especialmente para o evento. A terceira ficaria para o segundo dia. Como não tivemos tempo de fazer o arranjo instrumental e como na nossa opinião e na de todos os estudantes mais antenados, o festival estava um tanto quanto careta, cheio de musiquinhas bem comportadas como mandava o figurino, propus ao meu parceiro, Ricardo Sayão, darmos literalmente uma bagunçada no coreto e chutar de vez o pau da barraca. Assim, quando o mestre de cerimônia nos chamou ao palco, subimos apenas com um violão, nossa cara de pau e vestidos como dois mórmons.

Inspirado na incendiária performance de Caetano, Gil e Mutantes durante o Festival Internacional da Canção, de 1968, quando Caetano fez o antológico discurso em defesa de sua canção "Proibido proibir", peguei o microfone e com a maior voz de babaca que consegui fazer, diante de uma plateia esvaziada e sonolenta e de jurados entediados, comecei a agradecer, primeiro à direção da escola por nos proporcionar uma festa tão bonita. Isso logo causou algumas reações negativas no público. Depois, agradeci pela qualidade do som e da luz, o que gerou vaias e impropérios. Eu, me fazendo de besta, pedia calma e que me deixassem falar. O clima esquentou ainda mais e aí foi que eu gostei. Acho que, nessa hora, senti um pouco do que sentiu Caetano naquele dia. Se vocês forem em estética como são em política estamos feitos, mandou bem o tropicalista para a plateia enlouquecida de estudantes que vaiavam, sem entender o recado libertário. Sei que o sabor antropofágico e anarquista dessa frase histórica circulou quente no meu sangue. Por fim, agradeci aos jurados pela honra de participar e por eles garantirem a honestidade e a decência do festival. Foi aí, então, que o auditório veio a baixo. Começaram a jogar coisas no palco, a vaiar com força, bater nas cadeiras e xingar muito. Pronto. Agora o clima estava perfeito pra gente apresentar a nossa canção.

No embalo daquela orquestração cacofônica que havíamos produzido, comecei a cantar com a voz impostada no melhor estilo Waldick Soriano, uma outra música e não aquela originariamente inscrita e aprovada pela censura e pela comissão avaliadora. Ricardo Sayão me acompanhava com uma batidinha pra lá de sem vergonha. A canção que cantei contava, numa levada brega de raiz, estilo até então ouvido apenas nos radinhos de pilha das empregadas domésticas ou no deboche de grupos de vanguarda escrachados como o Língua de Trapo, a patética história de amor entre "um vagabundo e uma mulher da vida". A letra não tinha nada de politicamente correto, arriscava o uso de alguns palavrões e era bem engraçada mesmo. Pegos de surpresa, os jurados ficaram sem saber o que fazer e a primeira reação foi a de querer mandar cortar o som. Só que alguns começaram a se divertir com a história e, com isso, nos deixaram cantar até o fim.

Não demorou muito para a plateia entender que se tratava de um ato transgressivo, de uma rebeldia desejável e bem-humorada. O auditório, que estava vazio, de repente, ficou abarrotado e as vaias e xingamentos se transformaram em uma incontrolável torrente de zoeira, desabafo e euforia. No final da apresentação, saímos do palco obviamente desclassificados do festival, mas ovacionados pelo público, que só faltou nos carregar nos ombros e que demorou muito para ser acalmado, de modo a permitir a apresentação da próxima música.

O resultado dessa noite foi que, por algum tempo, nos tornamos personae non grat*ae* pela direção, com risco de suspensão e tudo, mas verdadeiras celebridades naquele colégio, que não era pequeno e possuía estudantes de tudo quanto é canto de BH. O boca a boca sobre a nossa performance correu a cidade e não foram poucas as vezes que desconhecidos me pararam para perguntar se eu não era aquele cara do festival do Estadual Central. Fico só imaginando se na época nós tivéssemos contado com a força viral do Youtube e das redes sociais! O bacana desse episódio foi que ele mostrou pra gente um pouquinho daquilo pelo que passam os famosos de verdade. Só ficaram mesmo faltando os paparazzi e as milhares de visualizações em algum vídeo postado à nossa revelia.

Um momento! Eu já ia me esquecendo! A música que apresentamos se chama "Neguinha da Paquequer", que mesmo sem nunca ter sido gravada, a partir de então e por muito tempo se tornou um mega hit nas rodinhas de violão da cidade. Ela foi escrita por um amigo das antigas, Lázaro Luiz, finíssimo compositor e multi-instrumentista, que eu nem sei mais por onde anda nessa vida maledetta. Mas como eu acredito infinitamente no poder agregador da escrita, torço para que, talvez um dia, ele leia esta pequena história e ainda possa se orgulhar daquela sua velha canção escrachada. Acontece que, até hoje, quando pego no violão, algumas pessoas me pedem para tocar a "Neguinha da Paquequer". Eu, para ser sincero, já não acho mais graça nela. Mas fama é fama e não se cospe no prato que se comeu, não é verdade?

A quem interessar possa: Paquequer, nesse caso, não se refere ao afluente do Paraíba do Sul, no Estado do Rio de Janeiro, nem a algum distrito de Teresópolis, mas ao nome da rua da antiga e mais famosa zona boêmia de Belo Horizonte. O problema, meus amigos, é que gentrificação nunca rimou com inspiração. Desse modo, o esforço de revitalizar o centro da cidade, seja lá o que isso quer dizer, andou expulsando de lá, com dedos em riste, os saudosos sobrados de todas aquelas putas tristes. Talvez, para o bem da memória, dos violões, dos vagabundos e dos festivais, seria bom que alguém escrevesse logo uma outra canção. Seria pois uma canção mágica, dessas que como num sonho, fizesse o tempo voltar revitalizado, limpando dele a mancha vergonhosa da lastimável censura.

A LATA DO ESPINAFRE

Depois que milhares de pessoas participaram da Marcha da Maconha pelo Brasil afora desde 2002, liderados pelo Profeta Verde e outros cabeções; depois de a ANVISA ter simplificado as regras para a importação de medicamentos à base de canabidiol; do Bill Clinton ter afirmado que fumou o barato de Grace, mas não tragou; depois de FHC ter se revelado a favor do THC; do Mujica ter criado a plantation estatal dos pampas muy loca; de Washington D.C. e Colorado terem liberado geral, fazendo até concurso da plantinha; do professor Sidarta Ribeiro e outros bambas da academia terem mostrado, com argumentos científicos, que afinal a erva não é tão daninha assim e pode até fazer bem; mas, principalmente, depois de eu ter sentido mais uma vez a maresia que vem da janela da minha vizinha todos os dias quando a noite começa a cair, me senti provocado a exercitar, mais uma vez, o meu nobre ofício de historiador das micro-histórias mal contadas, arqueólogo das abobrinhas e cronista das ficções acontecidas.

Sendo assim, trago à luz fatos desocorridos com dois velhos camaradas, no remoto verão de 1988, que já vai virando fumaça, com perdão da metáfora, na memória dos desmemoriados. Como se tratam de acontecimentos biográficos, não necessariamente reais, mas, antes pelo contrário, ao avesso, resolvi evitar qualquer problema com a lei e, digamos, só botar na roda este relato, após a suprema corte desse meu país destrambelhado ter, para o bem da história cultural brasuqueira, liberado por toda parte a publicação de biografias não autorizadas. É uma brasa, mora?

Pelo sim ou pelo não, prefiro omitir os nomes daqueles dois porras-loucas. Digo, apenas, que um tinha nome de filósofo grego e o outro de imperador romano..

Naquele verão, um navio chamado Solana Star, de bandeira panamenha, proveniente da Austrália, espalhou pelo litoral do Rio de Janeiro e de São Paulo, 22000, isso mesmo, maluco! Vinte duas mil latas recheadas de maconha da boa embalada a vácuo, cada uma contendo mais ou menos um quilo e meio da brenfa. Não se tratava de um enviado de Papai Noel trazendo presentes para movimentar o verão daquele pedaço de Brasil, já tradicionalmente bem agitado, desde muito antes da famosa tanguinha de crochê lilás do Gabeira. Na verdade, o Solana Star iria entregar seu carregamento para dois outros barcos menores que o levariam para Miami. Mas, ao serem descobertos, a tripulação decidiu se livrar do flagra jogando tudo nas águas da Baía de Guanabara, escrevendo, assim, mais uma página folclórica dos verões cariocas.

Aliviado o peso, a tripulação do Solana Star deu no pé, deixando para trás apenas um marinheiro, marinheiro, marinheiro só, que não aprendeu a nadar, nem com o tombo do navio, nem com o balanço do mar. O cara era o cozinheiro de bordo e se chamava Stephen Skelton: um puta nome hollywoodiano para uma história cinematográfica. Este, segundo dizem, só não fugiu, também, pelo amor da monumental morena da cor de canela por quem estava enlouquecido. Ah, esses marinheiros não tomam jeito mesmo! Enfim, foi o único que ficou para contar a história e pagar o pato. Obviamente, naqueles tempos duros, acabou enjaulado nas trancas da lei. Ficou ancorado em terra brasilis, a ver o sol se levantar por trás de grades, durante incontáveis luas. Enquanto isso, sua cabrocha borboleteava livre e solta por aí, já esquecida, provavelmente, do seu charmoso sotaque inglês.

Fato é que, entre os engajados na ganja, esse foi "o inesquecível verão da lata", eternizado na canção de pegada black soul da garota carioca suingue sangue bom, Fernanda Abreu, que num batuque samba funk, homenageava, para a tribo dos entendidos, o famoso veneno da lata.

Mas como eu ia dizendo, naquele ano de São Sebastião, os meus dois amigos, o grego e o latino, resolveram acampar no vilarejo de Dunas de Itaúna, no litoral norte do Espírito Santo. Desde aquela época, o negócio lá era forró, mulher bonita, praia e natureza. Cenário perfeito para um verão doidão. Conta-se que ao chegar, logo conheceram um paulistinha barraqueiro de praia que estava dando um tempo por lá há uns cinco anos. Vocês têm cara de que curtem o Mike Tyson e vão querer conhecer o gringo – disse o barraqueiro sem a menor cerimônia. Sim, não, talvez – o filósofo tergiversou. Mas foi o imperador quem deliberou: Mike Tyson? Gringo? Yes! Não sei bem qual é, mas queremos conhecer!

No mesmo dia, eles foram apresentados a um estrangeiro simpático que quase não falava português. Mas, sabe como é, uma vez que universitários descolados sempre se viram em qualquer língua, meus dois amigos não tiveram dificuldade alguma em confabular com aquele personagem bizarro de tatuagem no braço e dourado no dente. Então, o Popeye da vida real lhes mostrou, por fim, a famosa lata do espinafre, bem recheadinha. E era uma vez, um verão.

NO CAMINHO DO CÉU

Dia desses, encontrei na rua uma velha amiga que há tempos protagonizou uma história que me fez rir de rolar. Pode parecer piada, mas como ela não mente e é mesmo bem capaz dessas proezas, sei que a coisa foi pra valer. Segundo ela, a cena se desenrolou bem desse jeitinho. Não me peça detalhes, apenas imagine a confusão.

Tudo aconteceu num domingo, nessa aprazível cidade chamada Belo Horizonte. Era uma manhã digna de um dueto da Gal com o Tim Maia: "Faz de conta que ainda é cedo, tudo vai ficar por conta da emoção". Nessa hora, nesse cenário, ela, minha amiga, uma jovem universitária da UFMG, chega no ponto do ônibus, descontraída, quase teatral como é do seu estilo, cabelão solto tipo juba de leoa, olhar morteiro e, inocentemente, com um sorriso beato de bem-aventurança podes crer, dirige-se a uma senhora muito séria que estava ali parada:

— Bom dia! Dia lindo, não é? Por acaso a senhora saberia me dizer qual é o ônibus que vai para o CEU?

Ao ouvir uma pergunta daquela, e formulada de maneira tão displicente, a senhora indignou-se:

— O que é isso, minha filha? Que falta de respeito! Seus pais não lhe deram educação? A juventude hoje está mesmo cada vez mais sem limites. Já ouvi muita coisa, mas só me faltava essa agora.

Surpresa com a reação da sua interlocutora, mas achando um tanto cômica aquela braveza sem motivo, minha desastrada amiga, que vê graça em tudo, se desculpou por, talvez, estar incomodando, e sem perder o bom humor, resolveu insistir na pergunta:

— Calma, minha senhora! Não precisa ficar nervosa. Puxa vida! Eu só queria saber qual é o ônibus que vai para o CEU e isso não tem nada demais. Se a senhora não sabe, é só dizer. Eu juro por Deus que não me importo.

A senhora não estava para brincadeira e mais uma vez reagiu mal:

— Escute aqui, minha filha, você quer saber mesmo? Então, reze muito e peça perdão dos seus pecados. Esse é o único caminho que pode te levar para o céu. Fora dele não há outro. Entendeu bem?

A senhora fazia o tipo linha dura e não se intimidava diante da juventude. Tinha a segurança de quem se sente com a verdade e a razão. Enquanto falava, brandia a Bíblia que trazia consigo e, nesse gesto, acabou por aliciar alguns defensores entre as pessoas que estavam no ponto do ônibus. Minha amiga, desconsertada e rindo de nervoso, só deu por si quando um dos indivíduos que haviam se juntado à defesa da senhora, um homenzinho rechonchudo e calvo, com cara de sacristão ou de bedel, perguntou em pé de guerra:

— Olha aqui, mocinha, você não tem mais o que fazer do que ficar importunando uma irmã de caridade já idosa? Devia ter vergonha. Parece até que tem parte com o demo.

Só então foi que minha amiga reparou que a tal senhora estava vestida dos pés à cabeça, com um nada discreto hábito religioso. Assim, distraída como era, demorou alguns segundos para que ela conseguisse compreender o porquê de tanta indignação e explicar que pretendia pegar o ônibus para o CEU e não para o céu. O CEU em questão não era o céu... céu mesmo, aquele dos anjinhos. O CEU para onde ela queria ir naquele momento era o da Pampulha, o Centro Esportivo Universitário, da UFMG. Para aquele outro céu, se era bom como todos dizem, claro, ela queria ir sim, só que bem mais tarde!... Nesse caso, ela preferia ir ficando por aqui enquanto desse.

Depois de se dar conta da confusão que involuntariamente havia criado, enquanto tentava se explicar, minha amiga ria sem controle, com risadas de sacudir os ombros e tampar o rosto com as mãos e a cabeleira, o que só fez piorar a situação para o lado dela. Por sorte, um ônibus chegou para livrá-la daquele embaraço todo. Ela mais do que depressa embarcou, sem olhar para trás, e ainda ouvindo as imprecações e murmúrios que vinham da calçada. No ônibus, estava escrito Céu Azul.

Sentindo-se aliviada, nossa personagem, que não é nada religiosa, mas cheia de superstições, me conta que, pelo sim ou pelo não, para espantar as bruxas e as urucubacas, foi rezando pelo caminho dez ave-marias e dez pais-nossos, enquanto, aos poucos, ia afrouxando o riso. O que ela não sabia é que Céu Azul era o nome de um bairro que de fato fica na região da Pampulha, mas no extremo oposto ao destino pretendido. Resultado: foi parar em um lugar longe e desconhecido, nada a ver com o céu que ela esperava. Segundo ela, o lugar tinha mais era cara de purgatório. Até hoje, ela jura de pés juntos que aquilo foi uma praga por ela não rezar direito.

Bom, como ninguém é assim tão Pinel e tudo sempre tem uma explicação plausível, eu posso dizer que sei muito bem porque minha amiga fez essa confusão toda. Mas, fique tranquila, panterinha, se até agora eu não disse o seu nome, não vou dizer também que, para todos os efeitos, você sempre foi... doida demais.

É TUDO POR ACASO

Lendo sobre Pete Best, o ex-quase-futuro-beatle, que deve estar agora com os seus setenta e tantos anos, me lembrei de uma incrível história que ouvi certa vez, em um estúdio de gravações que eu frequentava em fins dos anos noventa. Quem contou foi o próprio protagonista da história.

Era um baterista desconhecido, que nesse dia estava tocando no tal estúdio. O homem tocava muitíssimo bem! Na verdade, ele estava dando um show a parte com suas baquetas, para uma plateia de cinco ou seis músicos envoltos em nuvens de fumaça, que o observavam, enquanto ele testava sua Mapex com pele hidráulica.

Ao fim de uma barulhenta e contagiante performance, ele descansou as baquetas, pediu um trago e começou a contar a história. Um amigo dele, que cantava e tocava guitarra, chamado Samuca, o havia convidado para formar uma nova banda que, dessa vez, ele jurava, daria certo. Iria estourar com certeza. Já tinham tudo esquematizado: um produtor da pesada disposto a arregaçar as mangas, promessas de shows em Sampa e mais mil maravilhas. O baterista respondeu, porém, que não dava mais para apostar todas as fichas na música. Ele queria arranjar um emprego fixo, pois sua mulher estava grávida e ele precisava de grana certa todo mês. Havia começado a estudar para um concurso público. Agora, queria virar juiz.

Larga de ser vacilão! Dessa vez vai rolar. A parada é séria – o tal Samuca insistiu. Contudo, o brilhante batera estava irredutível: Música pra mim, a partir de agora, é só de onda.

Samuca jogou a toalha. O cara não iria mesmo topar. O jeito seria arranjar outro baterista. Procurou e encontrou um tal de Haroldo, que não deixava nem um pouco a desejar. Logo, com os outros dois caras, Lelo e Henrique, formou, nada menos, que o Skank. O que aconteceu em seguida, nem é preciso dizer: o Brasil só agradece.

Ao terminar de contar sua história, o tal baterista, cujo nome nunca fiquei sabendo, caiu num choro convulsivo, diante do silêncio e da perplexidade de todos. Durante muito tempo, essa cena inusitada me fez pensar na aventura muito louca que é viver. Uma palavra, um gesto, um passo, um sim, um não, um talvez são, quase sempre, um salto no escuro.

"O acaso vai me proteger enquanto eu andar distraído" – proclamaram os Titãs em uma de suas mais belas canções... Então, que os deuses todos nos protejam e nos iluminem, nas decisões que tomarmos pela vida afora! Mas, mas… e se…

O DRONE I

O ano é 2015. Estamos em uma sexta-feira à noite. Da varanda do apartamento da sala espaçosa e grandes janelões, solto o meu drone de observação noturna. Ele está com as baterias carregadas e pronto para voar durante centenas de minutos: tempo suficiente para a sua missão. Como esperado, tudo funciona perfeitamente e ele sai voando do jeito que eu queria.

Meu poderoso brinquedo é um quadricóptero capaz de fazer coisas que você, caro leitor, nem imagina, apenas com um joystick e alguns toques na telinha do meu celular. Batizei ele de Tic-Toc, em homenagem a uma série de TV que eu assistia nos anos setenta, "O Túnel do Tempo". Eu não perdia um episódio. Na série, Tic-Toc era o nome do projeto secreto do governo norte-americano, que possibilitaria a realização de viagens no tempo. Com meus 10 anos, eu achava aquilo o máximo!

Logo que o meu Tic-Toc decolou, as câmeras dele imediatamente começaram a enviar para a tela do celular sua visão de ave noturna. Lá estão a cobertura do prédio, um pedaço da rua, as capotas de carros estacionados. Tudo aparecendo com nitidez, graças aos dispositivos de infravermelho das câmeras.

Mas nada daquilo me interessa. Então, utilizando a interatividade com o GPS, apenas deslizo o dedo na telinha e envio o Tic-Toc para o ponto onde ele deverá iniciar as observações: o coração da Savassi, cruzamento das avenidas Getúlio Vargas e Cristóvão Colombo. Em Belo Horizonte, era ali que tudo começava de verdade.

Pela telinha, agora podem-se ver de cima para baixo, a dança das águas na fonte luminosa da praça, os faróis das motos e dos carros num sem fim de luzes em movimento, como um formigueiro de vagalumes nervosos. Visíveis estão, também, o brilho escandaloso da placa do famoso fast-food norte-americano disputando a atenção dos olhares com todas aquelas vitrines espetacularmente coloridas, mais um montão de gente andando a pé pra lá e pra cá, além de grupinhos de pessoas paradas conversando. "A noite vai ser boa / de tudo vai rolar / vai rolar". Uma agitação lembrando aquele velho blues, de Claudio Zoli. Mas só para quem conhece.

Talvez ali, no meio daquela galerinha jovem, poucos conheçam esse blues das antigas ou, pior ainda, a maioria prefira o maldito sertanejo universitário. Definitivamente, esse tempo não irá me interessar agora. A sorte é que a tecnologia do meu Tic-Toc permite a mudança. Assim, com os dedos polegar e indicador apoiados na superfície da telinha, giro um botão virtual no sentido anti-horário, fazendo aparecer o calendário e, nele, seleciono uma sexta-feira qualquer de 1982. Depois, seleciono no reloginho, 09 PM e clico no start. Em cerca de três segundos, as imagens somem da tela dando lugar a um cosmos estereotipado em computação gráfica, como um protetor de telas. No canto superior direito, uma ampulheta simboliza a passagem do tempo.

Não demora muito e a telinha do celular volta a se acender, mas dessa vez a imagem é diferente. O lugar, visto de cima, parece o mesmo, mas o cenário é outro. Bem no cruzamento das duas avenidas há agora um obelisco, o famoso Pirulito da Savassi. Desapareceram a fonte luminosa, a placa do fast-food e toda aquela profusão de luzes das vitrines. Há menos carros circulando e menos gente também. Ainda há no ar um clima de animação, mas o ambiente parece um pouco menos agitado.

Um ônibus para no ponto e dele descem duas pessoas. Apenas dois pontinhos na tela do meu celular. Com o joystick, faço o Tic-Toc descer um pouco e se aproximar. Os dois pontinhos crescem na telinha. São dois rapazes. Mas ainda não é possível enxergar a sua fisionomia. Giro o botão virtual e puxo o poderoso zoom de uma das câmeras.

Pronto. Agora já dá para ver claramente o rosto dos dois. O mais baixo, de óculos, rindo muito, cabelos anelados e camiseta de malha azul-marinho escrito não sei o que é o Dedé. O outro, mais alto, cabelos escorridos nos ombros, usando uma bata branca feita de saco de linhagem e uma bolsa de couro cru atravessada no corpo, carregando um violão dentro de uma capa jeans e falando sem parar, é ninguém menos do que... eu mesmo! Nenhuma surpresa. Era exatamente o que eu esperava ver.

Muito bem: a missão do Tic-Toc será acompanhar esses dois caras na sua caminhada pela night dos velhos tempos. E você, leitor, está convidado a vir conosco. Que tal? Então vamos lá.

Com o celular e o joystick, faço o meu drone subir de modo a me dar uma visão panorâmica do ambiente, sem perder de vista os dois personagens. Eles atravessam a Cristóvão Colombo e seguem pela Getúlio Vargas em direção à Alagoas. Param no meio do quarteirão. Parece que entraram em algum lugar. Comando uma rápida descida do Tic-Toc e surge, na minha tela, a fachada de uma loja toda feita de cacos de espelhos. No alto uma placa em neon indica, "Via-Láctea". É o nome da loja. Ao lado, uma escada dá acesso ao segundo andar. Lá em cima, uma outra placa: "Grilo". É um bar escondido, quase anônimo, em meio a tantos outros.

Tic-Toc voa até a janela. Dentro do bar, numa mesa cumprida repleta de copos de cerveja e pratos de batatas fritas, estão os dois com vários outros rapazes e algumas moças. Todos estão cantando e tocando violão, craviola, bandolim, escaleta, flauta e diversos instrumentos de percussão. Era o grupo Transversal. O defeito do meu Tic-Toc é não possuir um microfone. Do contrário, daria para ouvir os belos arranjos vocais que o grupo fazia, inspirados, principalmente, em conjuntos como Boca Livre e 14 Bis.

Pelas caras, os demais frequentadores do bar estão gostando. Fico até comovido ao ver o entusiasmo com que eu canto. Mas, vejam só! Aquela loirinha no canto da mesa está se derretendo toda para o meu lado! Será que eu não estou sacando? Acho que não. Pelo jeito, a minha atenção permanece mergulhada na música. Agora, olha lá! Naquela mesa bem ali ao lado, um dos três caras que está curtindo o som do Transversal não tira os olhos da loirinha. Bom… Já até sei o que vai dar no final dessa história… Enfim, acho que é hora de tirar o meu drone dali.

Novamente, faço aparecer o calendário e seleciono uma outra sexta-feira do mesmo ano. Com o GPS, direciono o Tic-Toc para outro ponto da Savassi. Bora pra mais uma night. No próximo episódio, tudo pode acontecer... ou não. Opa! Mas antes, é preciso recarregar as baterias.

O DRONE II

Neste episódio, o Tic-Toc sobrevoa a rua Rio Grande do Norte, desde a esquina com Afonso Pena até o ponto de cruzamento com a Getúlio Vargas, entrando por ela até o encontro com a Afonso Pena, na chamada Praça ABC. Giro o botão virtual na telinha do meu celular, fazendo aparecer o calendário, seleciono o ano de 1983, numa sexta-feira qualquer, marco 11:00 PM no reloginho e lá vai meu drone.

A telinha se apaga por um breve instante. Depois, surge nela o cosmos estereotipado ao estilo dos protetores de tela, a ampulheta marcando a passagem do tempo e pronto. Aí está. A paisagem vista de cima agora é outra, bem mais limpa e agradável. As luzes das coberturas dos edifícios luxuosos de portarias de blindex iluminadas como estádios de futebol dão lugar a prédios menos chamativos e a telhados baixos de residências e estabelecimentos comerciais variados. Nas ruas, continua o vai e vem enlouquecido dos automóveis, porém em menor fluxo. Nas calçadas, o eterno flanar das matilhas de notívagos, farejando no ar as vibrações da música e de todo tipo de curtição.

Se Belo Horizonte fosse New Orleans, esse território triangular seria o nosso Mississippi, o nosso French Quarter, a nossa Bourbon Street. Ali era a nossa Chicago, a nossa Big Apple: o coração do jazz made-in-Gerais. Lá estão, sob o olhar retrô do Tic-Toc, bares lendários como o Deboche, o Sabor-e--Arte, o Estricnina, o Abóboras, o Bar Boletas. Paradas obrigatórias para os amantes do Fusion, do free jazz e do bebop. É muito bom vê-los de novo em plena ferveção, mesmo que apenas pela telinha aqui do celular.

Nesses bares, quase não se bebe cerveja. Bebida ali é conhaque, vodca com gelo, pinga com mel e guaraná em pó (o famoso Sputnik.) e, claro, Jack Daniels cowboy para os abonados, que sempre terão no bolso aquele algo a mais que a gente nem sonhava conhecer.

Cada qual ao seu estilo, esses bares eram palcos para músicos fabulosos como os incríveis bateristas Laércio Villar, Mário Castelo e Esdra Neném, com seus tontons, caixas, bumbos, pratos e chimbaus malucos, que junto com suas baquetas mágicas enfeitiçadas de polirritmia, desequilibravam qualquer um que se atrevesse a tocar com eles. Acontece que músicos atrevidos e talentosos é o que não faltava por ali, de modo que cada set musical era um desafio.

Entre essas feras estavam os contrabaixistas Yuri Popov e Ezequiel Lima, com seus baixos sem trastes, tipo fretless, esbanjando um swing cheio de slaps e harmônicos.. Oh, yes! Quebradeira e ritmo pra ninguém botar defeito! Isso sem falar nos guitarristas Juarez Moreira e nos irmãos Beto e Wilson Lopes, que mesmo sendo pouco mais do que dois garotos, tocavam como gente grande, e muito grande! Os guitarristas eram estrelas de primeira grandeza para os ouvidos alcoolizados, mas nem por isso menos atentos, da rapaziada. Sim. Todos ali eram músicos igualmente fantásticos. Mas sabe como é: guitarristas são como os primeiro-violinos das grandes orquestras, ou como os tenores nas óperas. Caem no gosto do público sempre antes dos demais. Mas de fato os caras pareciam ter asas nos dedos, ritmo e um bom gosto associado a um conhecimento de harmonia pra ninguém botar defeito.

Não era raro encontrar também arrasando nos teclados e contribuindo para tornar inesquecíveis aquelas noites de jazz, os magníficos Célio Balona, Marilton Borges, Kiko Continentino (este ainda quase cheirando a leite, mas arrasando geral) e até, de vez em quando, o outsider Giacomo Lombardi. Outsider porque não vinha do jazz. Era oriundo das imortais bandas Saecula Saeculorum e Sagrado Coração da Terra. Quando ele dava sua canja, imprimia na sonzera aquelas tintas meio psicodélicas do rock progressivo que faziam. Era o fusion quebrando o pau na noite de BH.

No episódio anterior, eu havia dito que o defeito do Tic-Toc é não possuir microfone, permitindo apenas a transmissão de imagens. Está lembrado? Então, para dar mais sabor de realidade à brincadeira, boto no som uma preciosidade que tenho em casa: Bright Size Life, o antológico disco de estreia do genial guitarrista Pat Metheny, em que ele toca com ninguém menos do que o igualmente genial baixista Jaco Pastorius.

O disco gravado em 1976, quando eles tinham vinte poucos anos, tem tudo a ver com o momento. Afinal, olhar aquelas imagens enviadas pelo Tic-Toc, tendo como pano de fundo o silêncio gélido e solitário da sala espaçosa do meu apê, seria quase uma temeridade. Assim, para evitar os tarjas pretas, sirvo-me de uma dose dupla do Johnnie Walker Black, com gelo, enquanto curto o som e vou por aí pilotando o meu drone.

De repente: pah! Lá estão eles novamente: os dois personagens: o baixinho de cabelos anelados, óculos e riso fácil e o mais alto, de cabelos longos e sua inseparável bolsa de couro cru (Dedé e eu). Eles estão sentados em uma mesa no Bar Boletas com outros rapazes. No palquinho daquele bar espremido de poucas mesas, quatro músicos parecem estar quebrando tudo e soando como uma verdadeira avalanche de escalas, acordes e ritmos. Seus nomes são Beto Lopes e Fernandinho Rocha, nas guitarras, Yuri Popov, no baixo, e Mário Castelo, na batera. Puxa... Fernandinho foi-se embora tão cedo... hoje estaria tocando uma monstruosidade. Na mesa ao lado, quase esbarrando seus cotovelos nos meus, Bituca e Lô aplaudem entusiasmados.

Olhar essas imagens na telinha do celular, enxugando mais uma dose dupla do bom e velho Black Label, me faz sorrir de novo apesar da minha sala estar sempre vazia. Pronto, estou satisfeito. Agora já posso tirar meu drone dali. Giro o botão para chamar o calendário, seleciono outra sexta-feira e bye bye: a telinha escurece mais uma vez. Novamente é hora de recarregar as baterias.

O DRONE III

De novo, cá estou eu sozinho acomodado na sala do apartamento, com o celular e o joystick nas mãos, pilotando meu drone de observação noturna. Ele decolou há poucos minutos, ali do parapeito da varanda. Do janelão logo acima do sofá onde estou sentado, vem uma leve corrente de ar, indicando que a noite será um pouco mais fria.

Sem pensar, cedo ao impulso de fazer uma selfie antes de continuar com a jornada do Tic-Toc. Deixo o quadricóptero estacionado no ar por alguns instantes. Aponto para mim a câmera frontal do celular e ensaio um sorriso. A telinha exibe a imagem de um canastrão. Olho e vejo o ridículo: a figura perfeita de um babaca. A verdade é que, nesses anos todos, por muitas vezes, eu tenho sentido medo de me olhar no espelho. Tento uma expressão mais séria e o resultado não é muito melhor. Soluciono o problema subtraindo da cena as minhas feições e deixando nela apenas a sombra do que temo ser. Na prática, o que faço é escolher entre os controles da câmera, um filtro que faz borrar minha imagem, destacando apenas o que interessa, no caso, a paisagem de fundo.

Faltam pouco mais de cinco minutos para as dezoito horas e o céu atrás de mim, enquadrado pela moldura do janelão, que por sua vez está enquadrado pela telinha da selfie, apresenta-se como um verdadeiro deslumbre. O azul escuro do firmamento já com algumas estrelas vai descendo em diferentes tons de lilás, misturando-se com os verdes, vermelhos e alaranjados, até terminarem num rio de dourado desigual, que se deita e se esparrama lá nos confins da cidade. Ela está, agora, salpicada de luzes e de edifícios diminutos.

Nunca, que eu tenha observado, minha cidade querida justificou tão bem o seu nome. Não sei porquê, desisto da foto e não clico no disparador, optando por registrar esse belo horizonte apenas nos anais da lembrança. De repente, dou-me conta de que viajei demais naquela "nonselfie" e quase que esqueço o meu drone parado ali no ar. Então, vamos lá! Hora de tirar o Tic-Toc do seu castigo.

Com a ajuda do GPS, deslizo o dedo na telinha e envio o pequeno quadricóptero para a Praça ABC, na esquina do quarteirão fechado da rua Maranhão. Nesse ponto, a imagem que ele me mostra é apenas a do rotineiro engarrafamento das 18 horas. No entanto, você, leitor desta série, sabe que a realidade presente não me interessa aqui, pois a missão do Tic-Toc é bem outra.

Logo, faço aparecer o calendário, seleciono mais uma sexta-feira no ano de 1983, no reloginho, marco 09 PM e clico no start.

A tela escurece, surge o cosmos estereotipado, a ampulheta contando o tempo e segundos depois, pronto: a mágica se faz novamente. A tela volta a se acender. Nela, o reloginho marca nove horas e a noite de sexta já começou. A visão privilegiada do Tic-Toc mostra pessoas circulando sozinhas ou aos pares, enquanto outras estão sentadas em grupinhos nas muretas dos jardins do calçadão. Logo adiante, mesinhas de latão colocadas de frente para um trailer de sanduíches, oferecem o seu desconforto para os primeiros esfomeados da noite.

No sofá de couro da sala espaçosa, com o celular nas mãos e os pés descalços acariciando um tapete persa, sorrio achando graça. Aquilo era o que tínhamos e era suficiente! Manejando o joystick, aproximo o drone e leio na placa luminosa do trailer: "New Foods". A boca se enche d'água, provocada por uma espécie de memória atávica das células nervosas, saudosas do aroma e do sabor engordurados de um Canguru, de um Desafio, de um X-Tudo, itens outrora indispensáveis na minha dieta notívaga.

Mas, deixando de lado as gulodices, o que eu quero ver ainda não é exatamente isso. Então, com habilidade, vou pilotando o drone por dentro da rua Maranhão, que começa ou termina justo ao lado do trailer. Navego o mais baixo que posso, evitando enroscar o quadricóptero nas copas das árvores que enchem aquele pedaço de rua com suas sombras: abrigo ideal aos que preferem não se revelar à luz prateada dos postes.

Nas partes claras da rua, jovens estão sentados ao longo dos meios-fios, compartilhando latas de cerveja e garrafas de vinho barato. Mais adiante, em baixo de uma árvore, dois garotos e uma garota conversam animadamente. Mesmo estando distante no espaço e no tempo, não pretendo ser indiscreto, então desligo o infravermelho das câmeras do Tic-Toc. Deles, resta na telinha do celular, apenas as silhuetas e uma brasinha que vai pulando de mão em mão, de boca em boca. Tiro rápido o Tic-Toc dali, antes que eles o vejam e comecem a imaginar que a noite mal começou e já estão vendo discos voadores no céu.

Avanço pelo quarteirão fechado da rua Maranhão e logo aparecem as mesinhas na calçada. Posiciono bem o Tic-Toc e eis que surge a placa estilizada com o nome do boteco: "Nós Todos". Não me contenho: Que ducaralho é ter um brinquedinho como esse! Não é para menos: está ali, bem na palma da minha mão, em tempo real, as imagens do melhor boteco do início dos anos oitenta, em BH. O Nós Todos era a Meca da malucada que curtia música, cinema, literatura, teatro, pintura, fotografia, artesanato e muita conversa jogada fora, temperada de cachaça com mel e o que mais viesse.

Aproximo a imagem, enquadro bem e, opa, demorou! Ali estão os dois principais personagens desta série sentados em uma das mesas: o baixinho de óculos e cabelos anelados, sempre rindo, e o de cabelos cumpridos carregando o seu violão dentro da capa jeans (Dedé e eu). Duas meninas se aproximam da mesa. Olhando agora, parecem Thelma e Louise, quase dez anos antes de as duas irem parar no cinema. Eles as cumprimentam, elas se sentam. O garçom aparece, bate nas costas do cabeludo, gesticula um pouco, sai e volta trazendo cerveja e, claro, cachaça com mel para todos.

Zoom no rosto dele. É o Parafuso, o garçom mais gente boa das noites brasileiras. Que prazer revê-lo, comandante! Falo sozinho, sentado no sofá de couro da sala do apê, com o sol quase a se pôr na janela atrás de mim.

Como um voyeur olhando pelo buraco da fechadura do tempo, me deleito em observar a cena. Os quatro conversam, riem, bebem mais cerveja, mais cachaça com mel. O cabeludo fala qualquer coisa no ouvido da loirinha. Ela está cheia de empolgação. Os dois saem de mãos dadas, deixando na mesa o baixinho risonho e a morena. É... se eu me lembro bem dessa noite, aqueles dois não vão voltar. E na minha cabeça, ouço a música que tocava: "Rapte-me camaleoa / adapte-me ao seu ne me quitte pas".

Mas um momento, amigo leitor. Estou vendo que já é hora de tirar o meu drone dali. Dessa vez, ele voou por tempo demais, e como sempre, é preciso recarregar as baterias.

O DRONE IV

Ando preocupado com as notícias de que as autoridades pretendem restringir o uso dos drones. Será que vão impedir o meu pequeno quadricóptero de voar? Não quero, de jeito nenhum, perder o meu brinquedo.

Essa preocupação criou em mim um novo vício: o de checar o celular a cada dez minutos. Esteja onde estiver, no trabalho, por exemplo, eu abro o aplicativo para ver se está tudo bem com o Tic-Toc. Quando a rede de dados está fraca e não consigo conexão, me vem ansiedade de taquicardia, mãos frias e boca seca. Addiction, meu irmão! Corro então para a primeira cobertura Wi-Fi que eu encontrar. Se for preciso, pago qualquer coisa por um sinal de internet. Addiction, you know?

Porém, fico tranquilo quando vejo pela telinha a escultura de bronze representando de maneira estilizada, a musa Clio, da História. Ela tem a cabeça coroada de louros, na mão direita, uma trombeta, e, na esquerda, o livro de Tucídides. Vê-la na tela do celular é o sinal de que está tudo bem com o Tic-Toc. Meu drone permanece lá, colocado em cima de um aparador, de frente para a escultura. Com sua câmera, ele me transmite o tempo todo, as imagens da musa de bronze que está bem ali, no lugar que destinei a ela, na sala espaçosa do apartamento, entre os dois janelões. Deixei-a lá como um lastro de minha humanidade, para me lembrar de que ainda sei lembrar.

Pode parecer maluquice, mas quando a vejo enquadrada na telinha, respiro aliviado. A imagem dela é a garantia de que o Tic-Toc está seguro. Apesar de todos os venenos do corpo e da alma, eu ainda não perdi a capacidade de lembrar e de narrar. Segundo os gregos antigos, aquele povo que nem sequer sonhava com o mundo digital e, no entanto, já sabia tudo, isso quer dizer que continuo vivo.

Adquiri, recentemente. o costume de voltar para casa nesses táxis que não são táxis de verdade. Esses que a gente pode pagar com o cartão de crédito, sem nem ter que tirá-lo do bolso. Comecei a fazer isso, não pela aguinha gelada que eles oferecem, mas pela comodidade de poder ir tranquilamente de olhos pregados na tela do meu celular. Viajo namorando a escultura que me acena com os mistérios da mágica do Tic-Toc, sem me incomodar com mais nada. Olho para ela e penso em suas oito irmãs musas, inspiradoras de músicos e poetas. Penso também na mãe de todas elas, a deusa Mnemósine, guardiã da memória e do esquecimento, portanto, da vida e da morte. Olho para ela e, mais do que nunca, sinto a urgência de botar o meu drone para voar, nem que seja ao menos mais uma vez, e mal posso esperar para chegar em casa. Addiction, you know?

Pronto. Agora meu coração está tranquilo de novo. Estou sentado no sofá da sala, com o celular nas mãos, depois de ter feito o Tic-Toc decolar do parapeito da varanda. Meus dedos já acostumados deslizam sem dificuldades pela transparência cristalina da telinha. Um giro no botão virtual e aparece o GPS. Com um escorregar de dedos e alguns movimentos no joystick, envio o robozinho voador de volta para a Savassi. Dessa vez, o destino é a rua Professor Moraes, no trecho entre a avenida Getúlio Vargas e a avenida do Contorno. Mais um giro e aparece o calendário. Escolho outra sexta-feira qualquer de 1983. Poderia ser qualquer dia, mas sempre gostei das sextas-feiras.

Giro de novo e no reloginho marco 02 AM. A tela escurece, aparece o cosmos estilizado, a ampulheta marcando o tempo e, em segundos, como sempre, a telinha volta a se acender, mostrando em tempo real a paisagem da noite escolhida. Àquela hora, a Professor Moraes quase já não tem movimento. Então, basta um breve sobrevoo para identificar um grupinho de pessoas parado de pé na porta de uma casa. Comando uma aproximação discreta do espião voador que veio do futuro, pois não quero assustar ninguém. Agora já posso ler a plaquinha no alto da porta de entrada: "Outro Lado da Moeda".

Em 1983, essa era a última parada do baixo Belô. Uma última chance para qualquer tentativa. Sobrevoo o entorno, mas não encontro um bom ângulo que me permita espiar lá dentro. Então, sem perder a conexão com o Tic-Toc, usando o mesmo celular, ligo para Dedé.

— Fala, meu irmão! Queria saber se você se lembra de como era o Outro Lado da Moeda - pergunto sem rodeios.

— Aquele da Professor Moraes? – ele responde sem titubear.

— Ele mesmo.

— Acho que tinha um quintal coberto com uma lona de circo e um palquinho onde rolavam alguns shows. Mas por que a pergunta assim de repente?

— É que estou vendo ele aqui, ao vivo e a cores na telinha do meu celular – respondo.

— Foto das antigas? – ele pergunta curioso.

— Não. Tempo real – respondo sem dar detalhes.

— Porra, Flajola, tá maluco? Eu não tô entendendo nada desse papo – ele diz entre uma risada e outra.

— Deixa pra lá, meu velho. Eu só queria confirmar se ele existia mesmo.

Desligo o telefone e sorrio com os cantos da boca, fascinado com o meu brinquedinho. Ah, se eu contasse para os meus amigos o que o Tic-Toc é capaz de fazer, eles me chamariam de louco. Com certeza. diriam na minha cara (ou pelas costas mesmo), que o acúmulo de tantos venenos acabaram por derreter meus neurônios e me tomariam como exemplo de um cara aparentemente normal que, coitado, pirou com o passar do tempo. Addiction, you know?

Pensando em evitar maledicências, e para não abalar ainda mais a minha reputação, prefiro ficar quieto e continuar fingindo por aí que escrevo ficções. Isso, enquanto sonho com o dia em que o app do meu drone me permita chamar amigos para voar comigo numa plataforma colaborativa multiplayer.

Agora, preciso desligar. Pois como vocês já sabem, nesses tempos obscurantistas em que drones não podem voar, o céu não está mesmo para urubu. Mais do que nunca, é hora de recarregar as baterias e resistir.

LOVE, LOVE, LOVE

Sei que você se amarra em uma boa história de amor. Sei por que todo mundo é assim. Desde o início dos tempos, histórias de amor sempre estiveram em alta. O que varia é o estilo.

De Orfeu e Eurídice, a Romeu e Julieta, de Lota e Bishop a Anastasia Steele e Christian Grey, passando por Kurt Cobain e Courtney Love, real ou de ficção, tem love pra todo gosto. E todos eles valem a pena, como valeu o amor de Paula e Bebeto naquela canção do Bituca.

Love, love, love! "Tudo que você precisa é de amor", vaticinaram os Beatles durante o famoso Verão do Amor em 1967. Eu que também sou filho de Deus não fujo à regra e costumo fazer desse refrão o hino das minhas bandeiras.

Sabendo desse nosso gosto em comum, achei que seria uma boa colocar aqui uma pitadinha de romance, só pra variar. Então, se você faz o tipo sentimental, prepare-se para ter de retocar o rímel ou para dizer, ao amigão aí do lado, que as lentes de contato andam lacrimejando um bocado os seus olhos. Se me permite uma dica: tenha sempre à mão um lencinho, que pode ser bastante útil para a leitura de certos textos. Preparada? Preparado? Então, agora que já avisei, prossigamos.

A história aqui é real e só não será tão comovente para você quanto foi para mim, se eu falhar na minha difícil tarefa de escritor. O que vou contar é o desfecho da história do amor de um pianista cego pela dona de uma bela voz. Um amor que levou sessenta anos para explodir em lágrimas, bem na minha frente.

Conheci Dubinha quando ele tinha oitenta e dois anos de idade. Era baixinho, franzino, com o corpo já debilitado pelos anos e a voz enrouquecida pelo tempo e pelo cigarro, que nunca abandonou. "Fumar es un placer genial, sensual / fumando espero a la que tanto quiero", cantarolou ele, acendendo um Marlboro com um profundo trago e soprando para o alto a fumaça azulada, ao cabo de uma hora e meia de depoimento. Sim, ele estava ali, contando para mim e para o meu gravador os fatos mais marcantes de sua vida, desde a infância, até a velhice.

Estranhou, cara pálida? Mas, peraí! De onde é que você acha que a maioria dos escritores tira as suas histórias? A minha vida, a sua e a de todo mundo são mananciais inesgotáveis para todo tipo de narrativa, sabia disso? Então continuemos.

A canção era um conhecido tango de Carlos Gardel, que já teve versão em português gravada pela rainha do rádio, a inesquecível Dalva de Oliveira. Depois de uma pausa sem dizer nada, ele deixou o cigarro queimando no cinzeiro, sentou-se na banqueta do piano, abriu a tampa e executou o tango, com vigor, ritmo e uma expressividade surpreendente. Suas mãos, ao contrário do corpo e da voz, eram ainda firmes e sabiam muito bem como garimpar o som naquelas teclas. O gesto tinha sido o prelúdio para a história que ele me contaria a seguir.

Dubinha nascera em Juiz de Fora e havia ficado cego antes dos dez anos de idade. Na adolescência, sua família mudou-se para Belo Horizonte, a fim de que ele pudesse dar continuidade aos estudos na escola para cegos recém inaugurada na capital. Em meados da década de 1930, aos vinte e cinco anos, já estava formado em piano e era um dos músicos mais requisitados dos cabarés e nightclubs da capital. Sabia executar com elegância e correção obras de Chopin, Liszt, Schumann, Debussy, entre outros, mas sua alma boêmia sempre o levava para os tangos, boleros, foxtrotes e serestas, que era onde ele se derramava.

Apesar de viver em Belo Horizonte, ia, com frequência, a Juiz de Fora. Era um pé lá, outro cá. Quando estava lá, frequentava a pensão onde morava o seu amigo Murilo. A sala da pensão era grande e possuía um piano magnífico. Foi lá que ele conheceu Juracy, sobrinha da dona da pensão. Era uma jovem simpática, muito bem educada e que gostava de cantar. De afinidades musicais, logo a afeição entre eles também começou a crescer. A voz dela pousava nos acordes que ele preparava, dando-lhes um significado e um brilho que nunca haviam tido antes. Passavam as tardes nesses duetos. As letras das canções dizendo por eles o que era essencial. Love, love, love... Alguém aí já amou assim, executando pessoalmente a trilha sonora de seu romance? Ah! Como é lindo o amor entre músicos!... E os dois pareciam estar no céu.

Mas, um dia, quando Dubinha ia voltando para Belo Horizonte, seu amigo Murilo foi com ele até a estação. Precisava lhe dizer uma coisa importante. Depois de muito embromar, abriu o verbo. Tem uma coisa que você precisa saber sobre Juracy. A voz lúgubre do amigo assustou mais do que as palavras. Juracy foi casada com um tipo que fugiu depois de ter dado um golpe em um banco e, hoje, ninguém sabe o paradeiro dele. Ouvindo isso, Dubinha sentiu como se um acorde dissonante de piano, com mil notas graves lhe caísse de uma vez sobre a cabeça. Meu Deus! Ela era uma mulher casada! Voltou para casa arrasado e, nos meses seguintes, afogou suas mágoas na boemia, até que o fantasma da voz de Juracy abandonasse de vez os seus sonhos.

Ah, como a vida passa rápido... Por que ela é assim tão breve? Mais de cinquenta anos se passaram. Um dia, caminhando já com alguma dificuldade, de braço dado com sua segunda esposa, nos jardins da Praça da Liberdade, à sombra das palmeiras imperiais, Dubinha sentiu no antebraço direito a mão trêmula que lhe pousava com suavidade. Um arrepio de pressentimento percorreu sua espinha, com o perfume de outros tempos. Depois veio a confirmação. Oi Dubinha! Sabe quem é? Confuso e quase sem voz, ele só conseguiu responder que não, que não tinha certeza. Então, a pergunta veio como um punhal. Como é que você pode esquecer assim um grande amor?

Mil anos poderiam ter se passado, que ele jamais esqueceria da voz que lhe fizera sonhar, os sonhos que nunca mais teve. Mas o que dizer ali para aquela senhora, no meio dos jardins, diante de sua esposa? Sim, conseguiu balbuciar. Eu me lembro. Foi mesmo um grande amor, mas que ficou perdido nos acordes do passado. Dubinha não pôde ver os olhares trocados entre as duas damas. No presente, já longe dessa cena, me contando tudo isso, eu vi aquele velho chorar, chorar copiosamente. E, consternado, só o que pude fazer foi desligar o gravador.

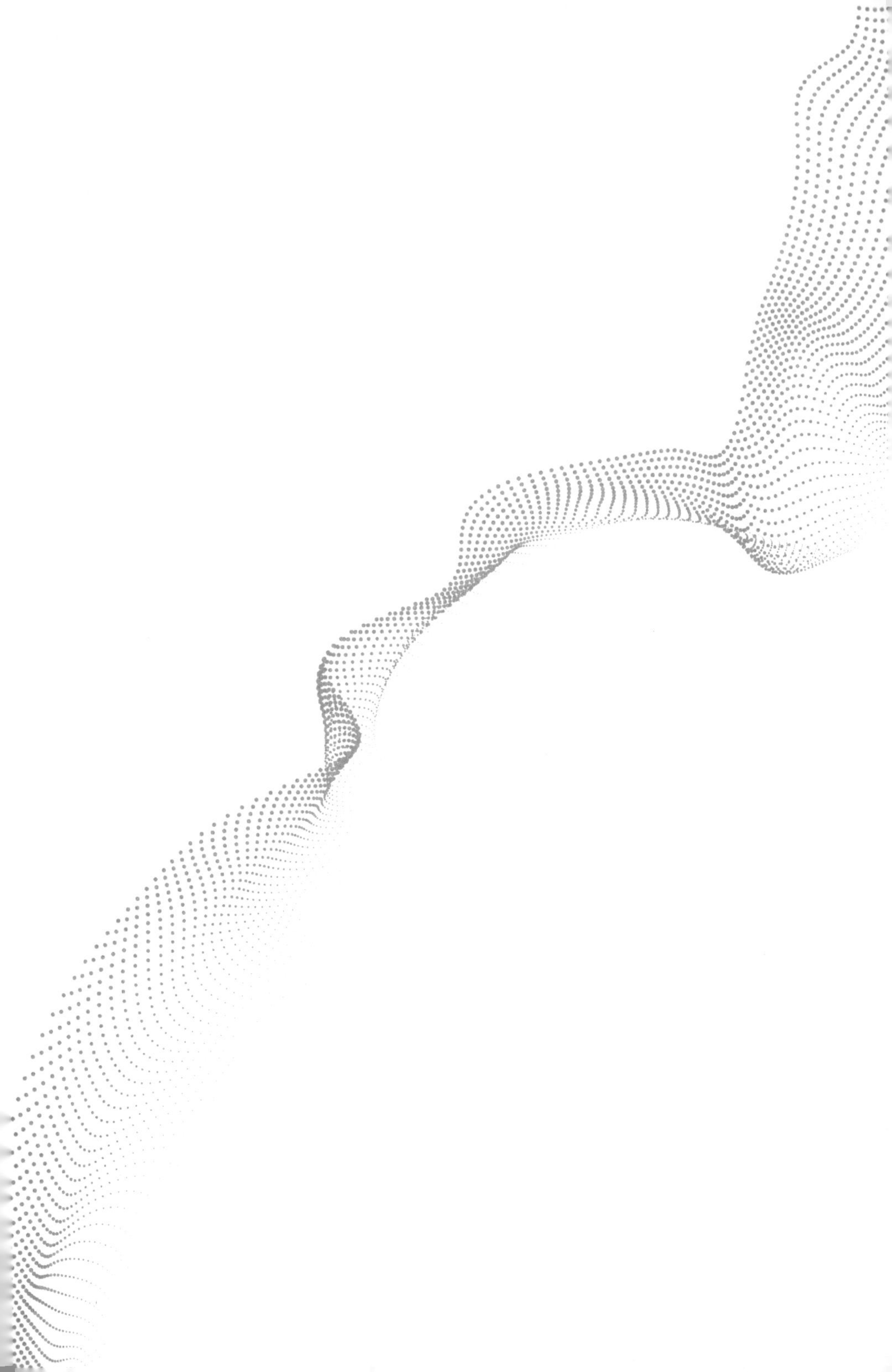

MEU PAI E O OPTACON

Quando eu fiz dezoito anos, meu pai me comprou um aparelho para leitura chamado Optacon, que custava o preço de um Fusca. Pensa bem, um Fusca!

Para qualquer moleque, um carrinho, ganhado assim de mão beijada ou batalhado com muita ralação, significa, como todo mundo sabe, um salto para a liberdade. Mas, para mim, que não ia guiar mesmo e que gostava era de viajar nas histórias dos livros, a liberdade era poder me aventurar com o máximo de autonomia possível pelo universo da leitura. Logo, dá para imaginar a revolução que o tal Optacon prometia fazer na minha vida. Com ele eu poderia ler tudo o que eu quisesse, na hora que eu bem entendesse. Não dependeria mais nem de ledores, nem do braille, nem de coisa nenhuma. Seria só eu, a maquininha e os livros.

Esse aparelho era o que havia até então de mais sofisticado para permitir que deficientes visuais tivessem acesso a textos escritos. No entanto, se comparado aos recentes avanços das tecnologias da informação e comunicação, eu diria que o Optacon estava para os atuais dispositivos digitais de leitura, assim como o gramofone está para as plataformas de streaming: não passa de uma bizarra e curiosa peça de museu. Mas, ok, vamos combinar que nenhum de nós, simples mortais, poderia no início dos anos oitenta, sequer cogitar a existência de coisas como a internet, a telefonia celular com rede de dados e de todos esses gadgets maravilhosos com suas telinhas sensíveis ao toque, que fazem hoje, como se diz, a alegria da galera. Então, na época, o negócio era top mesmo.

Arriscando uma tosca descrição, o aparelho era mais ou menos assim: ele possuía uma pequena câmera do tamanho de um isqueiro que o usuário deveria segurar com a mão direita e fazê-la deslizar sobre o papel. Essa câmera era ligada por um fio a um equipamento com as dimensões aproximadas de um laptop, no qual havia, além de alguns botões de regulagem, uma pequena plataforma suficiente para se apoiar a ponta do indicador da mão esquerda. Assim, de um lado, a câmera possuía uma célula fotoelétrica que reconhecia o claro e o escuro, isto é, o branco do papel e o negro da tinta. De outro, o aparelho transformava tudo isso em imagens táteis vibratórias para serem percebidas com a ponta do dedo apoiado naquela pequena plataforma.

Só que para aprender a usá-lo era preciso fazer um curso de uma semana na famosa Fundação Dorina Nowill para Cegos, em São Paulo. Pronto. Na verdade, era sobre isso que eu queria falar. Tudo mais são prolegômenos.

Viajei para lá com o meu pai e, pela primeira e única vez na vida, ficamos juntos apenas ele e eu, durante uma semana inteirinha. Foi muito bom! Pai e filho precisam desses momentos. Lembro-me especialmente de uma noite em que saímos para jantar numa cantina do Bexiga, após termos assistido a um show da cantora Marina Lima, no velho TUCA (o teatro da PUC de São Paulo), e comemos e bebemos chope, conversando relaxados sobre um montão de coisas, como dois amigos. Acho que o velho nunca imaginou o quanto eu gostei daquela noite. Eu, com minha pouca idade. estava bem longe de ser um novato em bares e baladas, sentado à mesa daquela cantina, rodeado por meu pai em seu momento mais iluminado e pelas vibrações da noite paulistana, me senti de fato como um cara muito especial.

Mas, voltando à vaca fria, afinal, que fim levou o Optacon? Ele resolveu o meu problema? Não, não. Embora fosse uma novidade e uma grande promessa de libertação, aquela geringonça não era nada eficiente. A leitura com ele era extremamente lenta e penosa. Durante um ano, fiquei tentando me convencer de que tudo era uma questão de treino e que, insistindo, eu iria ficar bom no negócio. Por fim, chutei mesmo o balde e voltei para os livros gravados, para o bom e velho braille e, claro, para a companhia sempre gratificante dos ledores de carne e osso. Com ele, cheguei a ler apenas um livro do qual nunca mais irei me esquecer, sobre descobertas pessoais e amores difíceis no contexto da ditadura militar no Brasil: *O pardal é um pássaro azul*, da escritora feminista Eloneida Studart. Fica a dica para os espíritos mais curiosos.

Resumindo, de um equipamento para leitura, o tal Optacon acabou se transformando num aparelho que escreveu uma das mais felizes lembranças que tenho com o meu pai. Enfim, o Fusca ficou bem pago e a minha gratidão não tem limites.

Hoje, ouvindo "Father and Son", de Cat Stevens, essa cena me voltou com força e, finalmente, depois de tantos anos, eu penso ter entendido melhor o que desde sempre já estava lá entre nós. E, no entanto, a gente nem sabia, ou sequer pensava em nomear. Então, evoé, meu velho! Evoé! Onde quer que você esteja, brindemos àquela noite!

MOMENTO SUBLIME

O paraíso é aqui. A essas alturas você já deve saber que todos nós experimentamos na vida pequenos nacos de eternidade. São momentos mágicos que nos remetem a um inefável sentimento de transcendência e que podem nos alcançar a qualquer hora, em qualquer lugar. O segredo é estar atento para reconhecê-los e saber como dar nome a eles.

Por sorte, existem palavras que foram inventadas justamente para facilitar essa tarefa. E ainda bem que elas existem, porque assim elas podem nos ajudar a identificar melhor o que sentimos. Naquele dia, vivenciei um desses momentos que poderia perfeitamente ser chamado de sublime: palavra do vocabulário filosófico que pouco usamos no dia a dia e que define o quase perfeito, o que transcende o humano, o grandioso, o magnífico, o considerado divino.

Mas, talvez você diga que explicações conceituais são demasiado frias para nos falar ao coração. Concordo inteiramente. Então, se você quiser experimentar um pouquinho do significado dessa palavra, eu lhe convido a calçar meus sapatos, a vestir minha pele e a tentar sentir o que vou descrever. Vamos lá?

Agora, você, (homem ou mulher), é um cara comum desses que tem por aí, que há muito sonhava em ser pai. Mas, por diversas razões, a vida ainda não lhe dera a chance. Até que finalmente aconteceu. Você agora tem uma menininha linda de dois anos e um mês. Ela é esperta, amorosa e muito falante. Vocês estão em uma linda praia semideserta. Ela está nos seus braços e você tem a água pela cintura. O mar é calmo como uma lagoa. Você sempre amou o mar, embora tenha vivido a vida inteira longe dele, só o encontrando durante as férias.

Como é bom estar ali! Você adora sentir, o cheiro da maresia, o sol queimando a pele molhada e salgada pela água do oceano, o balanço das ondas grandes e das pequenas, a areia seca a lhe grudar no corpo. Tudo, para depois se lavar num mergulho daqueles, de corpo e alma. Vocês estão felizes e sorrindo. Ela sente a segurança de suas mãos e de seu abraço. Nada teme e não tem mesmo nada a temer, inclusive quando você a levanta bem alto e depois a faz escorregar na superfície ao redor de si, feito um barquinho a motor. Ela dá gargalhadas. Adora sentir a tepidez da água e brincar com as ondas provocadas por esse movimento. A água espirra. É impossível evitar que vá à boca. Ela engole alguma, não muita. Tosse duas vezes e cospe. Arg! É salgada! Ela diz, fazendo uma careta. E volta a rir.

A menina é uma criança adorável! Em pé na praia, a mãe dela observa também sorrindo a felicidade de pai e filha, sabendo-se, ela mesma, parte essencial de tudo aquilo. Ela acena para vocês. A menininha responde com um tchauzinho e depois lhe diz: "Mamãe tá lá na areia". Você e ela continuam abraçados, ela protegida no seu peito. Os corpos molhados, a felicidade transbordante. Nesse momento, nada, nada de mal pode lhes acontecer. Os anjos não permitiriam tamanha blasfêmia. De frente para a imensidão do mar, naquela praia vazia, abraçados pelo vento morno do verão, iluminados e aquecidos pelo sol, vocês três experimentam um pouco do que talvez venha a ser a chamada eternidade.

É então que inesperadamente, em meio a tudo isso, de súbito acontece a mágica. O que era belo se torna sublime. A filha pela qual você ansiou durante tantos e tantos anos e que agora está ali segura em seus braços, em meio àquela paisagem divinal, toma seu rosto com as mãozinhas miúdas – rosto que você mantém imberbe, para jamais machucá-la nem mesmo com os seus carinhos –, olha para você bem de pertinho, quase encostando a pontinha do nariz dela no seu, os cabelos ensopados de mar. E de dentro de sua boca, um anjo fala com a voz mais meiga que você já ouviu, vestida com o inocente e sincero sorriso das crianças: "Papai, você é o meu melhor amigo"!

E, nesse momento fugaz, diante de tão singelo enunciado, rodeado pela mais esplendorosa natureza, você, que acreditava já saber o significado dessas quatro letras, entende por um segundo e ao mesmo tempo de uma vez por todas, o que é o infinito e mais profundo, Amor.

Eu, no momento em que boto o ponto final neste pequeno relato, me arrepio. O relógio marca dezoito horas. No mesmo instante, os sinos da igreja São José, bem aqui ao lado de onde escrevo, repicam com alegria, reforçando a transcendência dessa lembrança. Acho que são aqueles mesmos anjos dizendo amém. E em silêncio eu repito, amém... amém...

FELICIDADE NA CANÇÃO

Nos últimos dias em que os termômetros insistiram em não sair da casa dos trinta graus, ficou difícil para mim, que gosto bem de um friozinho, me concentrar no prazeroso ofício da leitura e da escrita. Então, me lembrei dos primeiros versos daquela gostosa canção do Djavan: "um dia frio / um bom lugar pra ler um livro / e o pensamento lá em você / eu sem você não vivo".

Falei sobre essa canção algumas páginas atrás. Mas não me incomodo nem um pouco em retomar a conversa, já que ficou faltando dizer umas coisinhas. Espero que você também não se incomode, para que a gente possa continuar viajando juntos.

O negócio é que no meu entender, "Nenhum dia" (que é o nome dessa pérola), é uma das mais bonitas composições do querido cantor alagoano. Nela, não só as palavras, mas todo o arranjo musical, costurado de início por um bem articulado diálogo entre o violão, o piano e o contrabaixo, evoca um clima de nostalgia, temperado pela voz ao mesmo tempo firme e melancólica do intérprete: "Um dia triste / toda fragilidade incide / e o pensamento lá em você / e tudo me divide. / Longe da felicidade e suas luzes / te desejo como ao ar, / mais que tudo...".

Porém, mesmo o eu lírico se dizendo longe do brilho das luzes da felicidade, repare que a canção não é exatamente triste. Acho que ela está mais para preguiçosa. Seu ritmo leve e compassado nos lembra o balanço de uma rede, ou de uma boa cadeira de leitura, como a nos dizer que nada na vida é estático. Enquanto a parte musical vai nos embalando, as palavras vão nos remetendo ao nosso infinito poder interior: "Espero com a força do pensamento / recriar a luz que me trará você"... Um lance muito inspirador, não é mesmo?

Eu sei que juntos, nós poderíamos ir longe na análise dessa canção tão cheia de significados poéticos. Mas deixo para você a tarefa de ir descobrindo do seu jeito cada um deles. Posso dar um conselho? Faça o seguinte: comece com um suave exercício de escuta ativa. Escuta ativa? Isso mesmo. Esse é o nome que se dá para o ato consciente de se ouvir música. Funciona quase como uma prática meditativa. Se você quiser tentar, sugiro que se sente de maneira bem relaxada, em um lugar silencioso e agradável. Procure, aos poucos, afastar da mente o turbilhão de pensamentos agitados que ficam tagarelando na cabeça, vá respirando bem de vagar, de maneira natural e leve. Se quiser, feche os olhos para se concentrar melhor. Usar fones de ouvido pode ser uma boa.

Então, coloque a canção para tocar em um volume moderado e esqueça de tudo ao seu redor. Deixe-se levar pelo ritmo, envolvendo-se com a harmonia, melodia e com todos os elementos da música. Sinta como se as palavras da canção e toda sua sonoridade, estivessem a lhe conduzir por paisagens inusitadas sugeridas pelo compositor, mas que só você tem o poder de transformar em imagens e sensações. Então curta, desfrute, viaje para dentro da canção. Quando ela acabar, procure conservar o silêncio interior. Assim, você consegue prolongar as sensações experimentadas durante a escuta.

Se você nunca fez isso, com certeza irá se surpreender com o magnífico prazer que se pode extrair do simples ato de se ouvir música. E sabe por que essa experiência é tão gratificante? Porque ela propicia um encontro sutil, um religare entre a nossa consciência e as nossas sensações, entre a nossa mente e o nosso corpo, por intermédio dos sentidos. A isso, meu amigo, minha amiga, é que damos o nome de fruição estética, que é, sem dúvida, uma deliciosa, ainda que fugaz, maneira de se perceber a cara que a felicidade tem.

Com a leitura de um poema, um romance, ou qualquer outro gênero literário que nos agrade, também acontece algo semelhante. Folhear as páginas de um livro, mergulhando nas palavras e nas ideias, é um prazer quase insubstituível, capaz também de nos levar a um tipo de felicidade, muitas vezes difícil de se explicar. Eu arriscaria até mesmo a dizer que, em alguma medida, a relação que estabelecemos com um bom livro é bem parecida com o processo de enamoramento. A gente diz que está enamorado por alguém, quando nosso pensamento e nossos sentidos se alegram com a lembrança ou a presença física da outra pessoa; quando não vemos a hora de estar com ela, ouvir sua voz, beber suas palavras, tocar o seu corpo, sentir o seu cheiro. Esse contato nos completa e nos aprimora. Ele nos abre as portas do desejo, da criatividade e do sonho, colocando mais cor e sabor em nossa existência.

Se é assim, por que não dizer que podemos nos enamorar também de palavras e notas musicais? Por que não nos enamorarmos de um livro ou de uma canção e encontrar no exercício da leitura e da escuta ativa um solo fértil para a descoberta da felicidade?

Então, não espere mais. Bote para tocar a sua canção favorita, respire fundo e boa viagem! Agora estamos juntos de verdade.

MAS, PRA QUÊ, SE EU TENHO A MÚSICA?

Eis aqui este sambinha feito numa nota só. Outras notas vão entrar, mas a base... Sei não... Hoje, mais uma vez, me deu uma baita vontade de falar do assunto de que mais gosto: música! Sim, minha música, musa única, mulher... Ela, ela, ela que me faz um navegador. Eu vivo o tempo todo por ela.

Porém, como o velho avisou, com seu jeito de avisar, o mar não tem cabelos que a gente possa agarrar. E uma vez que todos já sabem que a nossa barca segue flutuando mesmo a deriva. Difícil está sendo falar de outra coisa que não seja o naufrágio nosso de cada dia. Afinal, o que foi feito, amigo, de tudo que a gente sonhou? O que foi feito da vida, o que foi feito do amor?

É, minha gente, nesses dias de angústia, raiva, decepção, perplexidade, aflição e mais um monte de outras fossas e sofrências que nos têm feito rebolar para entender o ritmo que essa (contra)banda vai tocando, nós, brasileirinhos catando cavaco, estamos mais do que nunca precisando aprender a improvisar nesse choro sem coda, que está nos provocando síncopes em nosso desgastado tambor do peito, que já nem é mais tão cordial assim. Haja flauta, maestro, para dar melodia a qualquer sopro de esperança.

Já disseram por aí, que viver é afinar o instrumento, de dentro pra fora, de fora pra dentro. Então, urgente se faz ajustar essas cordas com a tensão precisa, no correto diapasão, ponto exato do equilíbrio, para que elas não baixem o tom, mas também não arrebentem, porque aí não haverá mais música, nem alegrias de quintal.

Bom será quando conseguirmos concertar (com C mesmo) a harmonia dessa orquestra Brasil, que vai tocando sem regente, com naipes atravessados, o réquiem de mau gosto que temos sido obrigados a ouvir na fala dos outros, na dos governantes, na nossa própria fala, na TV e em todas as esquinas. E bem que poderia ser... Tudo bem simples, tudo natural. Eu pensei em dizer tanta coisa. Mas pra quê, se eu tenho a música?

Daí, ligo o rádio e, por coincidência ou não, ouço aquele simpático baiano do bigodão cantar: o equilíbrio da lata não é brincadeira. Lá vem o Brasil, descendo a ladeira.

OS OLHOS DO MEU PAI

Todos os dias da vida irão acontecer, sem que eu jamais me esqueça dos momentos passados ao seu lado. Entre tantas lembranças, hoje me pego a pensar nas viagens feitas no Alfa Romeu azul, o famigerado Alfão da família. Lembro-me das que fazíamos os cinco juntos, mas, especialmente, daquelas em que íamos apenas nós dois e o automóvel veloz no vir a ser do caminho.

Lembro-me de cada curva deixada para trás, de cada próxima parada para o xixi, já tendo, por fora e por dentro de mim, desenhada, uma outra paisagem humana. No toca-fitas, as músicas que gostávamos de ouvir. E no arranjo de cada canção dos nossos diferentes gostos harmonizados, fluía lento o nosso tempo vivido a dois, tão ao contrário da máquina que sobre o asfalto voava.

Houve por exemplo, o dia em que cheguei em casa no final da manhã, e se me lembro bem, vinha suado das peladas de rua. Talvez acumulasse mais uma derrota para a minha coleção de troféus perdidos, já que como ele sabia, bom de bola, eu nunca fui. Daquela vez, bastou pisar no tapete da sala para, de chofre, receber a notícia de que no máximo em quarenta minutos ele sairia no Alfão, com destino a Uberaba. Se eu quisesse ir junto, era para andar ligeiro. Ele adorava usar essa palavra. Até hoje não consigo ouvi-la sem que ela esteja mentalmente modulada na sua voz. E ligeiro eu me arrumei.

Pegar estrada em sua companhia era mais importante do que qualquer outra coisa. Tanto assim, que nem me ocorreu avisar Silvinha de que eu não iria na casa dela quando escurecesse, conforme havíamos combinado. Sob a expectativa de mais uma viagem com ele, nem me lembrei do perfume dos cabelos dela, da promessa deixada no ar de quem sabe um beijo aquela noite e, tampouco, dos papinhos bestas que nós dois arranjávamos, só para ter o que dizer, pelo medo adolescente do silêncio.

Embarquei no Alfão, convicto de que perderia a futura namorada, mas de jeito nenhum a chance de mais uma vez com ele velejar baixo por aqueles caminhos só nossos, que passavam lá por detrás do Sol. E era assim: cada trecho que fazíamos por quilômetros e quilômetros a sós, eu seguia firme no propósito de entender os vestígios daquilo que sua voz não dizia e, ao mesmo tempo, esperar que ele olhasse para dentro de mim. Desse modo, toda viagem empreendida era uma nova tentativa de encontrar os olhos do meu pai. O brilho dos olhos do meu pai!

Eu sabia que a luz que cintilava lá na superfície de suas retinas se acendia de maneira mais intensa, quando ele discorria sobre seus encantamentos. Por isso, eu o ouvia com a mais devotada atenção. Tais encantamentos eram as estradas, as ferrovias, as pontes, os túneis, as barragens que construíra e as que ainda construiria no ardor de sua profissão. Esta, porém, é duro admitir, me entediava um pouco. Diante do infinito mar de montanhas das paisagens mineiras, enquanto eu pensava em beleza, elevação e transcendência, ele me oferecia explicações sobre como abrir estradas entre elas. Ao atravessarmos uma ponte, ele me falava de sua estrutura, e dos modelos de ponte que ele conhecia. Eu olhava para baixo e mergulhava na metáfora do abismo demasiado fundo para minha pouca idade, a cogitar qual seria a ponte que ligaria meus olhos aos dele. Aos olhos do meu pai!

Como é natural que aconteça, o tempo abriu estradas no meu rosto. E, sob um nevoeiro de lágrimas, eu me vi um dia a perguntar: por que logo agora, pai? Ainda era tão cedo… Foram precisos milhões de quilômetros contados a dedo em cada estrela do caminho, para que eu descobrisse que os olhos dele nunca deixaram de morar dentro dos meus. No entanto, jamais saberei se algum dia ele entendeu completamente que graça eu via nas montanhas, que atração era aquela pelo abismo, porque meus ídolos são caras como esse Eric Clapton, que agora canta pra mim aqui nos meus headfones.

Não faz mal, pai, eu nunca soube explicar mesmo. Mas só queria que você tivesse ouvido, ao menos uma vez, "My Father's Eyes", que ouço agora, enquanto escrevo estas lembranças de você.

APRENDENDO A DIZER BYE BYE

Há um bom tempo, quando o violão era um companheiro bem mais constante, eu e meu camarada Zé Carlos Dias, este sim um músico da pesada, pegamos um embalo e escrevemos juntos várias canções. Algumas eram boazinhas, outras mais ou menos e umas três ou quatro eram realmente boas, pelo menos para nós. Eu que naquela época andava fissurado para fazer música, escrevia letras, melodias e umas harmoniazinhas pra lá de básicas. Daí, ele vinha com sua musicalidade sem par e passava a limpo os rascunhos, dando a eles robustez harmônica, rítmica e melódica que lhes faltava.

Na melhor dessas canções, contudo, aconteceu diferente. Numa tarde, em minha casa, depois de algum tempo tocando juntos, ele começou a dedilhar uma bela sequência de acordes que, aos poucos, foi tomando forma e fazendo brotar de sua voz, uma melodia muito linda. Parei para ouvir. Desnecessário dizer que o negão cantava magnificamente. Fiquei impressionado e, enquanto ele ia tocando, eu perguntava de quem era a música. O Zé não respondia. Continuava dedilhando o violão e cantando aquela melodia sem letra. Corri e peguei o gravador para não deixar que o passarinho escapasse.

Quando o santo subiu e ele parou de cantar, perguntei que música era. Ele apenas caiu numa risada, que só entende quem conhece o prazer de receber uma inspiração assim direto das estrelas. Na mesma hora, prometi a ele que escreveria uma letra e que aquela seria a nossa melhor composição. À noite, no intervalo de minhas aulas, em uma barulhenta sala de professores, escrevi de uma vez só as palavras dessa canção, que pedi licença ao Zé para chamar "Devir". E assim ficou:

O céu da noite é assim:
Bom de olhar.
Planetas girando em órbitas banais.
E eu sentado no chão,
louco a imaginar
que o destino do sol é se apagar.
Numa noite tão zen,
eu, a lua e ninguém.
Filosofia anti fim
anda dentro de mim.
Sei que as águas de um rio sempre vão passar.
Um cometa vadio a girar.
Esse sou eu.
Esse sou eu.
Esse sou eu a sonhar.
O universo é pra mim, mistério:

matéria formando círculos astrais.
E eu cá em baixo no chão,
me ponho a refletir,
que o segredo do ser está no devir.
Vou vivendo então,
sem ligar pra razão.
Ambiguidade do ser
em eterna mutação.
Sei que as águas de um rio
sempre vão passar.
Um cometa vadio a girar.
Esse sou eu.
Esse sou eu.
Esse sou eu a sonhar.
Esse sou eu.
Esse sou eu.
Esse sou eu a sonhar.

Mas por que eu estou contando isso agora? É que tal tesouro gravado em fita cassete, no último domingo foi para o beleléu, soterrado em pilhas de escombros, depois de uma mega arrumação que promovemos aqui em casa, para a qual só faltou ser convocada uma retroescavadeira e duas caçambas. Queria dizer isso sem ressaca, sem apego e sem dor no coração, mas simplesmente não dá.

Acontece que eu nunca aprendi a tocar aquela música. Não me interessei em aprender. Gostava de ouvir o Zé tocando e isso me bastava. Agora que ele não está mais aqui, o que sobrou foi essa letra e a melodia, que, por sorte, ainda sei cantar. O resto, meu amigo, é impermanência e está sendo soprado pelo vento… está sendo soprado pelo vento.

REVELAÇÃO

Naquela distante manhã, cujos sinais mais concretos estão quase todos diluídos nas brumas do esquecimento, fui acordado pelo barulho do telefone a chamar com insistência.

Da cama, ouvi quando minha mãe levantou-se para atender, ainda com a voz empastada de sono. Pelo som dos seus passos, notei que estava descalça e entendi que ainda era muito cedo. Olhando pelas frestas da janela, vi que o dia mal começara a nascer. No entanto, os ruídos que vinham lá de fora já anunciavam a nova jornada.

Minha mãe pronunciou algumas palavras, incompreensíveis à distância que eu estava. Depois, vieram o baque seco do fone no gancho e o deslizar dos pés nus de minha mãe até a porta do meu quarto. Ficou ali, parada como um fantasma, decidindo se entrava ou não. Remexi na cama a fim de encorajá-la.

— Acordado, filho?

Preguiçosamente respondi que sim.

— Ligaram da escola.

Tirei a cabeça do travesseiro, depois, ergui o tronco apoiado nos antebraços, a coberta pela cintura e fiquei olhando para ela, esperando alguma revelação. Por que haveriam de ligar àquela hora?

— Você tem um colega chamado Marco? – perguntou-me com doçura.

Um frio correu pela minha espinha, minhas pernas ficaram tensas e os dedos das mãos se afundaram como garras na colcha macia.

— Ele senta do meu lado. É ele quem dita para mim o que os professores escrevem no quadro – respondi entre amedrontado e perplexo com a pergunta.

— Não vai ditar mais, meu filho – disse minha mãe carinhosamente, sentando-se ao meu lado na cama e passando as mãos pelos meus cabelos.

Travei o maxilar e tentei controlar a respiração, completamente desperto, já adivinhando o desfecho daquela conversa.

— Ontem à noite, o carro em que ele estava...

Duas lágrimas grossas rolaram pelo meu rosto, abrindo caminho para outras, enquanto meu lábio inferior tremia e meu corpo ia sendo levemente sacudido por pequenos espasmos. Sei que minha mãe contou algo sobre velocidade, um carro cheio de garotos, uma curva, um barranco, mas não sei me lembrar dos pormenores do que foi dito naquele momento. Recordo-me bem, isso sim, do carinho de minha mãe a me confortar e do seu jeito um tanto desconsertado, por não saber direito como agir diante daquela nova situação. Eu tinha treze anos e, pela primeira vez, me deparava com a morte de alguém da minha idade, tão próximo a mim.

Sei que naquela hora, de uma tacada só, perdi um grande naco da inocência que eu trazia comigo ainda cheirando a leite, abocanhada pela súbita consciência da finitude. Acho que foi por isso que eu chorei, mais, talvez, do que propriamente pela perda do amigo. Chorei, não de tristeza, medo ou revolta, mas movido por uma estranha emoção, que lá de dentro me dizia que tanto quanto aquela manhã, a vida também estava a minha espera, com suas pontes e abismos vãos e que, a partir de então, nada mais seria como a criança que eu era achava que deveria ser.

NAÏF

Osinhos passarinhos cantarinhos alegrementinhos, disse na lata, a menininha do primário, quando a professora pediu que passasse a tal frase para o diminutivo.

Todos riram.

Ela também.

E vejam só: não é que a menina poetava feito Manoel de Barros?

Acho que nasceu para palavrear com melodia.

Cresceu e virou cantora. Assim, alegremente.

O MENINO, O CAVALO E O ANJO

O menino engoliu um mosquito.
Envergonhado, montou no cavalo e fugiu pro mato.
Lá, encontrou um anjo que abriu os braços e disse:
— Desce, desce pra abraçar!
O menino desceu, beijou e abraçou…
o cavalo.

ETERNIDADE I

Gastou anos na busca,
até que os olhos verdes cintilaram na pedra.
Enriqueceu.
E a vida se foi aos quilates.

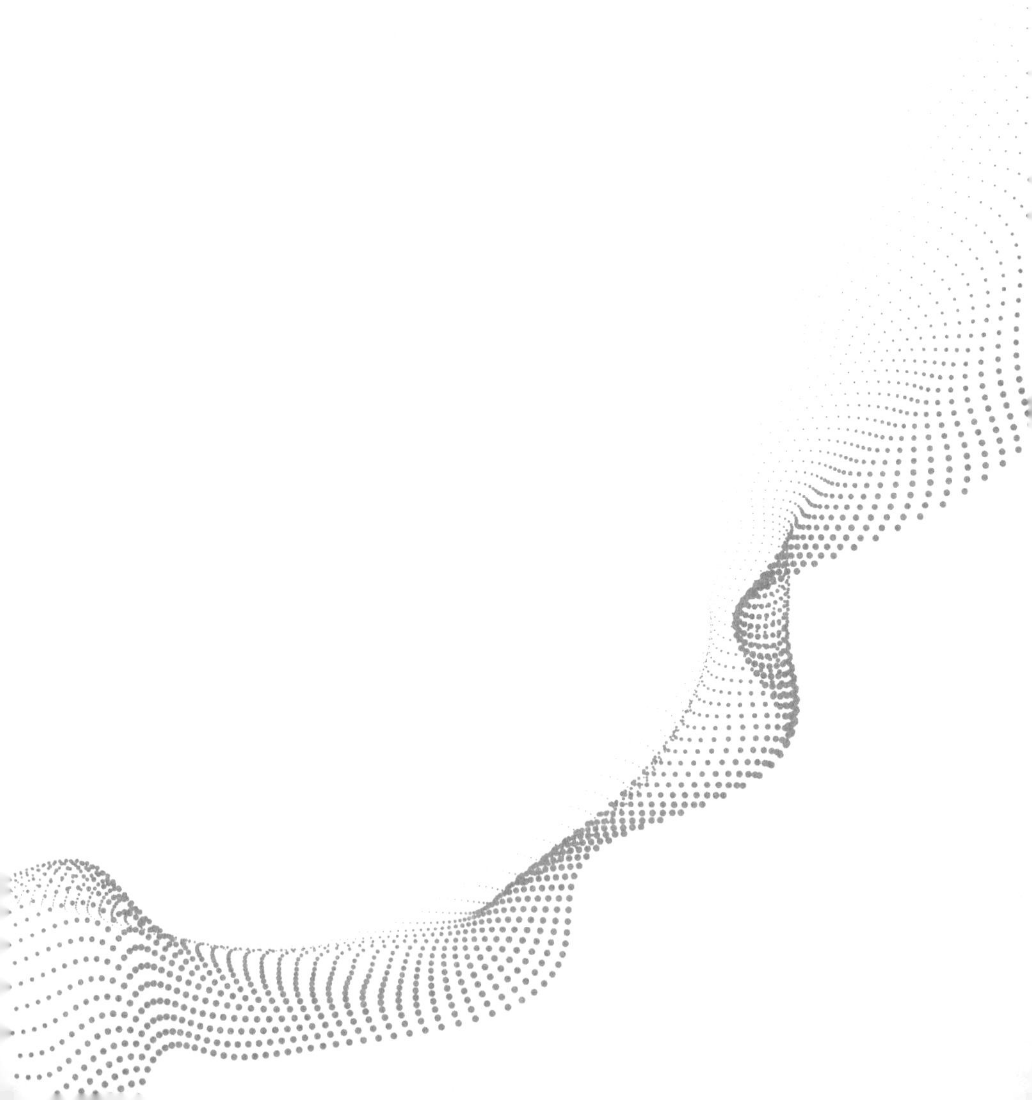

ETERNIDADE II

Arma em punho, gritou: perdeu!
Inesperados olhares se cruzaram.
E foram presos na impensável paixão,
Até que a morte... lhes deu o basta.

ETERNIDADE III

No topo do penhasco, mirava a águia o alvo.
No colo da planície, a lebre olhava a ave que a olhava.
De repente, um mergulho no vazio do vento morno.
E só o tempo predirá o destino de ambos.

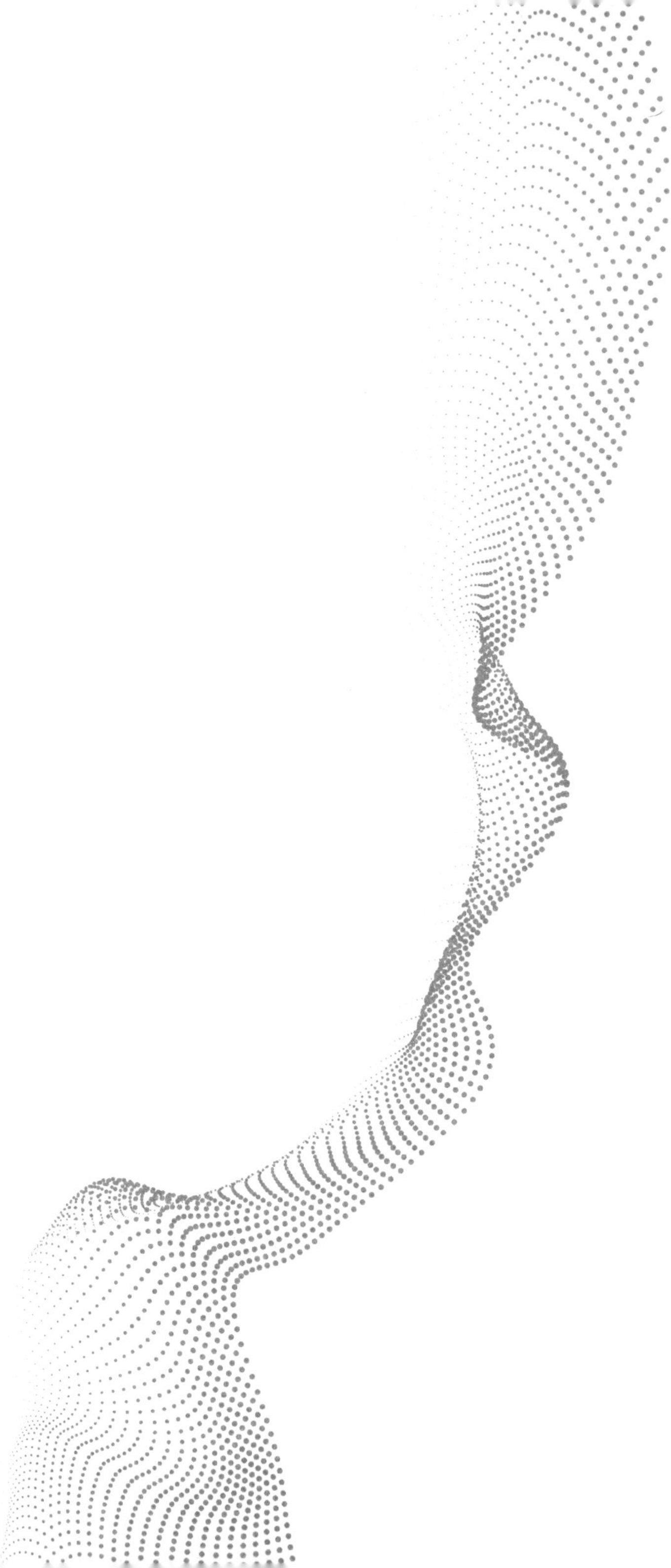

NO SUPER

Domingo à noite, eu no super. Verdadeiro programa de índio. De índio? Objeta o letrista. Índio não tem tal tolice. Remove as montanhas com todo cuidado, meu amor. Aceito a reprimenda. É abuso do clichê. De todo modo, trouxe treco, troço, a tribo toda, nossa trupe, inseparável trinca de três. Três tigres tristes? Não! São? Não são. São duas tigras e um tigre. E vejam só a trapaça: até que estão felizes. Felizes de ser os três, mesmo no domingo à noite num super. Estar num super até pode ser o máximo. Porque, meus amores, todo dia hei de viver, para ser o que for, e para ser de vocês, e de vocês andar junto. Ainda que seja para ser, no domingo à noite num super.

CANÇÃO NA MATA

No mato, os barulhos da noite são mágicos. Por isso, acampei sozinho no descampado. Na mochila, pouca coisa: panela, caixinha de fósforos, lanterna, agasalho e violão.

Sentado numa pedra do lado de fora da barraca, eu respirava fundo o arzinho frio do Cerrado. A natureza perfumada ia entrando pelo meu nariz. Um vento manso remexia de leve nos arbustos e o riachinho cantava. Daqui, dali e de mais além, eu ouvia o cricrilar dos grilos, o croc-croc dos sapos, o arrastar dos pezinhos miúdos de pequenos animais. De algum lugar, me chegava o piado solitário de uma coruja. Eu mesmo quase não me mexia, que era para não produzir nenhum ruído que perturbasse a harmonia de tão delicada orquestra.

Foi quando, de repente, lá de longe, ouvi um lobo uivar. Lobos, como sabemos, uivam em noites de lua cheia. E era isso mesmo. Uma lua grande e redonda descia sobre a mata, iluminando tudo com seu prateado brilho. Mas eu nem olhava para ela, distraído que estava com a música da noite, enquanto pensava na menina querida que eu tinha deixado em casa, dormindo em sua caminha macia.

Foi quando, ouvi alguém me chamar bem baixinho: psiu, psiu! Ei, você! Olhei para os lados e não vi ninguém. Que coisa estranha! Será que eu não estou sozinho aqui? Mais uma vez, ouvi o chamado: psiu, psiu! Você mesmo! Levantei da pedra em que estava sentado, dei uma volta em torno da barraca e nada. Foi quando ouvi um risinho maroto: Aqui em cima, seu bobo!

Finalmente, olhei para o alto e lá estavam eles: dois olhinhos e uma boca sorridente na carinha da lua cheia. Já estava com ciúmes, disse ela. Eu aqui me esforçando a fim de brilhar bem bonito e você nem sequer dá uma olhadinha pra mim! Só posso estar ficando louco. Desde quando lua fala? Mas aquela falava. Então, como resposta, bem depressa, peguei o violão dentro da barraca e, na mesma hora, pensando na menininha querida, fiz pra lua uma canção:

Lua linda, lua louca,
lua linda vem brilhar,
Vem brilhar lá, lá, lá, lá.
Vem brilhar no céu de estrelas
e toda a mata pratear
Lua linda lua louca
Que vem comigo conversar
Vem encher de cores lindas
Os sonhos dessa menininha
Pra que amanhã bem cedinho

Ela possa despertar
Sabendo que sonhou contigo
Lua louca, lua linda
Lua louca, lá, lá, lá

Ao voltar para casa, contei para a menina querida tudinho que aconteceu. Falei dos barulhos da mata e da minha conversa com a lua. Não me esqueci, é claro, da música que eu fiz de estalo, abraçado ao violão. A menininha gostou tanto, mas tanto, que, desse dia em diante, na hora de deitar, sempre me pede histórias inventadas e boas melodias para fazê-la sonhar.

COISAS DA VIDA

Do alto dos seus três anos, até que estava bem filosófica hoje de manhã a minha pequena. Sem ninguém perguntar, foi logo dizendo que dormiu muito bem. Comeu mamão no café da manhã, coisa de que nunca gostou, e não fez hora para tomar banho. Depois, veio me perguntar quem foi que tirou a perna do Saci.

— Sei lá! – eu disse – acho que ele já nasceu sem perna.

— Não – retrucou ela – acho que foi um ladrão que levou a perna dele.

— Nunca vi ladrão de perna! – objetei.

— Nem eu, mas deve existir – ela respondeu na lata.

Depois de um tempo, veio pra mim querendo confirmar se sereia realmente não existe.

— De verdade não, filha, mas existe na nossa imaginação, nos livros...

— Nos desenhos, né papai?

— Sim, filha, nas histórias a gente pode inventar o que a gente quiser.

— Até cavalo com asas, não é?

— É. Até cavalo com asas.

— Toda história tem um mau, não é papai?

— Acho que quase toda, filhota.

— Mas nem todas, pai. Aquela dos legumes não tem.

— É… aquela parece que não tem mesmo…

— Mas na Bela e a Fera, a fera era o mau, não é, papai?

— É...

— Mas, papai, não era mau de verdade, porque no final ele fica bom. Então era só o príncipe fantasiado de Fera.

Fico rindo aqui, achando graça ao pensar o que deve estar passando pela cabecinha dela, os sentidos que ela já está dando para o seu mundo e tudo mais. É um enorme privilégio poder participar desse processo. Abro a porta de casa para levá-la à escola e ela vai andando, toda importante arrastando a sua mochila. Ela tem um jeito de andar tão confiante que dá gosto. De repente para, se vira pro meu lado e me sai com essa pérola:

— Tem coisa que muda a gente, né, papai?

E eu só consegui responder:

— O tempo todo, filha. O tempo todo…

TROPEIRO

Comida mineira é assim. Ela tem um gostin de vó, que só quem nasceu ou vive muito tempo aqui nas arterosa é que sabe explicá. É aquele fogão de lenha na cozinha grande da fazendinha, mexida com carin pela cuié de pau da véia; é os causo contado devagarzin, ao redor da mesa de quitanda com um cafezin na caneca esmaltada, quente de queimar os beiço, a prosa começano à tarde e espichano pra noite a dentro, aí antonce com uma cachacinha na cuia e nos dia que é bão mess, tudo ao pé duma viola de dez corda afinada de cebolão, ponteada com o capricho cantante dum caipira com voz de canarin e memória danada de boa pra lembrá dos causo. O que ele num sabe de vera, inventa com picardia e arte de matuto. Cigarrin de paia tamém num farta pra quem precia.

Mas prus que num é dessas banda é bom i dizeno de vez: comida mineira né fraca não, a começá do feijão tropeiro, que tem esse nome por causa dos home que cortava o sertão amuntado nos lombo de cavalo, levano gado, mercadoria e um monte de trem por essas tria afora. Sacumé, mos fíio, os home num tinha geladera. Naquela época, tinha nada disso não. Antonce, pra conservá, os home pegava os grão do feijão já cozinhado, misturava com as carne do porco, toicin, linguiça e sei lá mais o que refogado na banha, e juntava tudo na farinha de mandioca ou de míio, bem temperadin. Das tropa pras mesa das fazenda foi um pulin.

Acho que foi as muié que deu um jeito de miorá o prato, botano ni travessa bonita, infeitano com rodela de ovo cozido, fazeno acompanhá com couve refogada bem pcadinha, com arroz branquin e fatias de lombo açado. Uns gosta com cebola. Eu num gosto. Prefiro aio. Acho que fica bão do mess jeito, inté mió.

Mas o que dá mêss a graça pro feijão tropeiro é os torresmin. Tem dos dois tipo: aqueles sequin dagente mordê e fazê baruio, que é os pururuca, e aqueles que nois chama de torresmo de barriga, que vem garrado uns pedacin de carne e de gordurinha. Mais tem que sê bem fritin, senão fica que nem goma e aí num presta não.

Ixi! Mais dá pra inscrementá muito o trem. Tem gente que gosta de fritá umas banana d'água, daquelas grandona, bem fritinha na banha e botá pra enfeitá as travessa. Pó fritá tumém uns pedacin de mandioca bem sequin, pra dá sustança. A mesa tem que tê fartura pra gente num passá vexame. Ma, oia, a gordura tem que tá bem quente! Moço: o trem fica mais é bão demais da conta, viu?!

E adipois vem os doce. Tudin feito nos tacho de ferro. Ocêis pode escoiê. Tem os doce de mamão qu'é assim: cê panha um mamão caipira inda verde, casca ele, tira as semente tudo e adipois corta fazeno umas tirinha cumprida da largura de um dedo de minina. Afoga as tirinha do mamão numa tigela d'água e deixa drumi noite interinha. Eles fala que adipois que nois panha o mamão verde, ele fica estressado e antonce tem que discançá, senão amarga que nem giló. De manhãzin é só cozinhá as tira do mamão com açúcar. Mais tem que ponhá uns pausin de canela e uns cravin pra dá graça, senão o trem fica chocho que nem boca de maria sapa. Pó tumém fazê uns rolin c'as tira e marrá com linha. Fica uma formosura!

Mais eu gosto mess é dos doce de leite. É fácil de fazê, só que tem que demora dimais da conta. Tem que ficá mexeno o tacho dia interin. Antonce nesse causo eu prefiro deixá o trabaio pra cumade. Ela é que sabe mexê de fazê gostoso. Mais né nada disso qu'ocêis tá pensano não. Nois fala é com respeito. Afinar ela é muié do cumpade Mané Pedro.

Por falá nisso, ocêis alembra dele? Ai que sardade do Cabaret Mineiro! Firme bão, sô! Ocêis alembra daquela cantiga espevitada, a Suíte do Quelemeu, que um tar de Nerso Dantas cantava? Ai ai ai! Vichemaria! Mais quem quisé alembrá ou conhecê, vai tê que percurá no tar de Gugo, desses trem aí de computador, qu'eu num atrevo a ponhá o ataio aqui procêis não, porque a cantiga é mais cabulosa qui batê ni mãe na sexta-feira da paixão.

Antonce, se num gostá num vem ponhá a curpa ni eu. Mais como a curiosidade, mos fio, é um bichin danado, eu sei qu'ocês vai querê oiá. E o Gugo sabe tudin tudin. Ah, isso ele sabe mess! Vai lá procêis vê, sô! Vai lá e percura a Suíte do Quelemeu. Hihihihihihi!... Mais se ocêis num gostá divera, peço desde já minhas humirde discurpa e já num tá mais aqui quem falô.

PELO 8 DE MARÇO

Hoje, eu quis escrever uma crônica amistosa, homenageando você, mulher, pelo seu dia. Mas, ao sentar todo animado na frente da telinha, confesso que as palavras, que sempre julguei serem minhas parceiras, começaram, inexplicavelmente, a fugir de mim. Parece até que elas, se assumindo enquanto substantivas femininas, estão me mandando um recadinho bem simples:

— Ei rapaz, não te mete que hoje o dia é nosso! Hoje não queremos voz grossa dando palpite em assunto de mulher. Agradecemos a tua intenção solidária, mas hoje é dia de tu ouvires, não de falares. Fecha a boca e presta atenção nas mulheres que estão bem aí ao teu lado: na mulher que dorme na tua cama, na mulher que todo dia de manhã vem arrumar a tua casa, nas mulheres que trabalham contigo, na mulher que senta ao teu lado no ponto do ônibus, na que te serve o cafezinho, na que defende as tuas causas nas lides da Justiça, na que medica a tua filha quando ela está doente. Aliás, meu amigo, olha para a tua filha e tenta entender, bem entendidinho, que o dia de hoje é também dela, mesmo sendo ela pouco mais do que um bebê. Se tu pretendes, de fato, ser aquele cara moderninho, aliado das causas feministas, se tu realmente as considera justas, começa então fazendo a tua autocrítica e te perguntando com a sinceridade de quem deseja respostas verdadeiras: em que momentos não foste, e não és, tu mesmo, um estorvo para essas mulheres? É provável que, ao te veres confrontado com a tua própria porção patriarcal, tu te sintas envergonhado. Mas não precisas ficar. Afinal, tu foste criado para ser homem e sempre te disseram que homem é isso mesmo: é o pai, não chora, é quem manda, é quem decide, é mais forte, é carcará! Pega, mata e come! Rapaz, se a data de hoje servir para que tu olhes melhor para essas mulheres que estão ao teu redor e, principalmente, para que tu olhes melhor para dentro de ti mesmo, então o oito de março já vai ter valido a pena, pelo menos para ti

Então, a homenagem que faço a vocês, leitoras, não é um manifesto. É só uma meditação. Parabéns pelo seu dia! Vocês têm aqui um aliado. Mas, talvez não concordemos em tudo, certo? É que as nossas diferenças... elas serão sempre bem-vindas.

UM TELEFONEMA MARCANTE

Foram muitos os profetas que previram que no ano 2000 aconteceriam coisas incríveis. De minha parte, não tenho do que me queixar. Comigo foi assim: numa certa manhã, atendi a um telefonema o qual me pareceu ser como tantos que estamos acostumados a receber. Do outro lado da linha, uma mulher com voz comercial perguntou por alguém com o meu nome. Pachorrentamente e sentindo-me sem opção, identifiquei-me, respirei fundo e esperei pela oferta, que sem dúvida viria precedida do aviso de que, para a minha segurança, gravariam nossa conversa.

Ela então começou a me dizer que eu havia ganhado... Estranhei a ausência dos gerúndios. Mas como naquele dia eu estava de bom humor, interrompi a moça dizendo que eu já sabia: havia ganhado um curso de inglês totalmente gratuito e só precisaria pagar o material e o frete. Minha interlocutora pareceu sorrir e começou a dizer que não: eu havia ganhado...

Interrompi mais uma vez pedindo que me deixasse adivinhar. Então, vamos ver, eu havia acabado de ganhar a assinatura de uma revista por um ano e só precisaria adquirir o super cartão de crédito VIP da hora. Ela riu ainda mais e disparou sem me dar tempo de interrompê-la mais uma vez: O senhor foi o vencedor do Concurso Nacional de Literatura Cidade de Belo Horizonte. Sua obra, *Signos e aprendizagem nas memórias de músicos cegos*, foi escolhida na categoria ensaio e o senhor receberá um prêmio de dez mil reais.

Pausa para a minha cara de tacho em close-up: branco, boca aberta, olhos arregalados, cabelo em pé, fone afastado da orelha. Gelei.

Eu de fato havia inscrito a obra, fruto de minha dissertação de mestrado, no tal concurso. Mas... Como aquela mulher poderia saber disso, já que eu tivera o bom senso de não comentar com ninguém sobre tamanha ousadia. Olhei rapidamente para os dois lados como um daqueles perseguidos dos filmes de ação, escondi a minha boca e o bocal do fone com uma das mãos, abaixei o tom da voz e, gaguejando, perguntei quase em segredo, afinal quem estava falando.

Aquilo deve ter soado ridículo aos ouvidos da moça, que ainda sorrindo me deu nome, sobrenome e cargo na Biblioteca Municipal de Belo Horizonte. Engoli em seco, refleti por cinco segundos e, gentilmente, então pedi a ela que me desse licença, pois eu precisava fazer uma coisa importante.

Deixei o fone em cima da mesinha e adivinha o que fiz? Claro! Saltei como um atacante ensandecido comemorando o gol da vitória final, com direito a soco no ar, bradei o meu grito de guerra e, para rematar, soltei uma gargalhada estrondosa que fez tremer a vidraça da janela e provocou a ira do cachorro do vizinho. Depois, me recompus, limpei a garganta e muito calmamente voltei ao telefone, impostando a minha melhor voz de autor premiado.

— Desculpe, minha senhora, mas eu precisava fazer isto.

Aos risos, a dona da voz me deu as informações sobre a solenidade de premiação, documentos necessários e outros procedimentos.

A felicidade de se ganhar um concurso como esse é algo difícil de descrever, mas não pelo seu lado material, é claro. Contudo, eu não vou negar que aquela graninha foi muito bem-vinda. Afinal, ela me ajudou a passar um mês inteiro perambulando pela Europa com a Adriana, o que era um dos nossos grandes desejos, lá no início de tudo.

Depois desse trabalho, vieram outros. E, assim, cada vez mais, fui consolidando o meu gosto em costurar a palavra escrita. Posso afirmar, no entanto, sem nenhum medo do exagero, que o *Signos e aprendizagem* foi, e será eternamente, o texto da minha vida. Não por qualquer suposição de sua qualidade, que é sempre relativa. Afinal, já faz tanto tempo... Mas pelas coisas que ele me ajudou a tocar.

Lembro-me de que, ao iniciar a minha apresentação para a banca examinadora nas formalidades acadêmicas, senti os joelhos amolecerem pela súbita compreensão que tive daquilo que eu realmente estava apresentando ali. O trabalho de investigação histórica é, em sua essência, um acerto de contas com o passado. Foi o que me disse Eliane, minha sábia orientadora de pesquisa. E foi o que eu repeti naquele momento, com a mais plena e emocionada convicção.

Ao contar nesse trabalho a história de quatro músicos cegos de outras gerações, eu que sempre tive na alma uma paixão desmedida pela arte da combinação dos sons, estava, de uma certa maneira, resgatando a minha própria história e, com ela, ajustando algumas contas. Por isso, eu digo, hoje e sempre: evoé, doce música! De um jeito ou de outro a gente vai se encontrando, antes da pausa final.

A PRIMEIRA VEZ

Sempre tem gente curiosa por aí querendo saber como foi a sua primeira vez, não é verdade? Mas nem sempre estamos dispostos a contar. Como eu sou mesmo totalmente despudorado, hoje decidi abrir o verbo e dizer tudinho como foi, tim-tim por tim-tim.

Aqui, vou tentar ser rapidinho. Mas garanto que na ocasião em que os fatos se deram, nem de longe tive essa preocupação. Quis apenas ser preciso, digamos, nas minhas colocações. Adoro esse termo!

Não vou negar que eu estava bastante nervoso. Afinal, eu nunca tinha feito aquilo. Parado diante da porta, minhas mãos estavam frias e o coração ligeiramente acelerado. Lá dentro, ela me esperava talvez cheia de expectativa, sem saber sequer quem eu era, como seria o meu rosto, ou quantos anos eu teria.

Esse detalhe é importante! Na ocasião, eu estava com trinta anos de idade. Isso mesmo: trinta anos! Sei que a maioria considera essa uma idade um pouco tardia para o ato. No meu caso acho que foi adequada, pois, até então, eu estivera me preparando interiormente para fazer o melhor que eu pudesse quando chegasse a hora.

Antes de entrar, respirei fundo e lá fui eu. A primeira coisa que fiz foi colocar a mochila em cima da mesa central, com a bengala. Depois, virei para ela, a turma, e disse: "Bom dia, gente! Eu serei o professor dessa disciplina. Juntos, estudaremos História da Arte"! Dentro da sala havia mais ou menos uns vinte e tantos estudantes calouros.

Ops! Desculpem o deslize. Eu ia me esquecendo de dizer. Essa minha primeira vez, como professor, se deu na Faculdade de Belas Artes da UFMG, logo após eu ter concluído um mestrado em Educação. Durante a graduação, meu barato era a História da Arte e, nessa área, tive excelentes mestres. Na faculdade de Ciências Humanas, onde estudei, a disciplina estava focada nas artes visuais: especialmente pintura e escultura. O conteúdo me fascinava. Nele, eu identificava uma maneira bem interessante de ampliar e refinar o meu repertório imagístico, mais esburacado que lona de circo zum-zum. Meu interesse era saber como, ao longo dos tempos, as pessoas enxergaram e representaram as cores e formas desse mundo. Fato é que, por intermédio da história da arte, fui aprendendo sobre a história do ver, como gosto de chamar, que, por motivos óbvios, foi uma coisa que sempre me interessou.

Mas, voltando àquela primeira vez, ao receber a notícia de que um cara como eu é que daria tal conteúdo, eminentemente visual, os estudantes, em princípio, levaram um susto. Foi o que pude perceber pelo silêncio que se fez. Depois, com a irreverência e a espontaneidade própria de estudantes de

Belas Artes, caíram na risada e começaram a fazer um monte de graça. Eu não tive outro remédio senão rir junto. Afinal, o paradoxo não deixava de ser hilariante. Resumindo, como era início de semestre, eles achavam que aquilo só podia ser uma piada dos veteranos.

A história é boa, mas não vou ficar esticando com detalhes desnecessários. Só para terminar, desfeito o equívoco, expliquei a eles a proposta do curso. Nós trabalharíamos em parceria. Eles podiam ver as imagens das obras de arte, mas não conseguiam descrevê-las. Faltava-lhes vocabulário. Eu não podia vê-las. Então, aprenderíamos juntos: eles me emprestariam os olhos e, em contrapartida, eu lhes daria as palavras, complemento da visão, que eram, no final das contas, os referenciais teóricos com que eles analisariam as obras. Aconteceu que ao longo do semestre, fomos descobrindo juntos que o ato de ver, além de lindo, é bem mais gratificante se puder ser compartilhado por meio de narrativas, as quais podem ser incrivelmente precisas sem que seja necessário abrir mão da subjetividade.

Este relato é a homenagem que faço aos professores, sempre tão cheios de criatividade na sua lida cotidiana. Então é isso, colegas: vamos em frente, procurando nos reinventar a cada novo desafio, que sabemos não são poucos!

JANTANDO NO ESCURO

Lenta
a língua lânguida lambia lufadas de olores luminosos
em noite de lua calma
sem lapso de cores
de lépidos sabores
Os olhos, como anjos decaídos
sem tocar o céu da boca
pisavam o chão, vazio de luz
enquanto a alma gritava de surpresa e aflição
Narinas e dedos sensíveis degustavam o momento
mordiscavam a memória
na boca sem dentes do metrô
Algas, jacas, melancias
inusitadas maçãs
Brincadeira de pimenta e mel
de geleia e regozijo
de pequi e cajá-manga
personagens de uma história de papel e de real
Atores, atrizes, bonecos
sentidos trocados no meio da rua

ora direis, ouvir estrelas
num céu vermelho italiano?
Calareis a fala tola
impetuosa de razão?
De boca cheia, não falo
De olhos fechados, escuto
Alimento um cão de olhar manso
enquanto as elefantas riem
enquanto o sol me cega nessa falsa escuridão
No princípio foi o verbo
no final satisfação
no durante, um tsunami
de saliva e tentação
Abra a boca e feche os olhos
quando eu contar até três
Mantenha a alma escancarada
que o ouvido confiante
sentirá a mão amiga
a plantar sementes de lembranças
no solo fértil dos sentidos
com o adubo da entrega
pela renúncia da visão
Minha mãe sempre fez doce de batata doce
Tem sabor da infância no interior
Junto a tachos de cobre na cozinha
e árvores de fruta no quintal

Mas não é batata doce!
É castanha portuguesa!
Hum... Isso me lembra o Natal...
Para mim é o marrom, vendido nas ruas de Paris,
no friozinho do outono…
tem perfume de boneca e o cheiro quente de uma
xícara de chá…
Papilas pulsantes aplaudem atônitas
e a pele parece perdida no tato,
no naco de tempo que escorre da mão
até que as luzes.
novamente se acendam.

ZORÔ, O CONTEMPLADOR DE ASTROS

Sou do tipo que faz amizades facinho, facinho, no meio da rua. Gosto de conversar com as pessoas mais diferentes, o que não quer dizer que a recíproca seja sempre verdadeira. Trabalho no centro de Belo Horizonte, pois, afinal, como vocês sabem, escritores também precisam comer. A região é apinhada de homens e de mulheres de todas as idades circulando com pressa para tudo quanto é lado: uma multidão aparentemente sem nome e sem rosto. No entanto, basta gostar um pouco desse bicho doido chamado gente e reparar bem nos movimentos ao redor, que personagens impagáveis, portadores de boas histórias, começam a pipocar no meio da paisagem turbulenta. E vou dizer, minhas amigas, meus amigos: Não excluindo este que vos escreve, é cada figura que tem por aí!

Se vocês prestarem atenção de verdade, vão descobrir que o centro da cidade e seus habitantes, juntos, formam uma verdadeira biblioteca viva repleta de histórias e causos mil, que se cruzam numa rede de conexões infinitas. Se deixarem comigo, ainda acabo por escrever um ensaio pseudo-filosófico, comparando a vida pulsante das metrópoles com o cérebro humano e suas sinapses neurais. Quem sabe, consigo provar que as pequenas historinhas que ouvimos e contamos por aí, todos os dias, nas esquinas, nas lojas, nos cafés, nos pontos de ônibus, são, na verdade, lampejos da memória do mundo, guardada nas páginas desse incomensurável livro da vida, cujos rodapés e entrelinhas só quem nunca perdeu a curiosidade é capaz de ler?

Mas, por hora, basta de filosofia. Não vim a estas páginas para isso. Vim, pelo contrário, falar de um desses meus amigos ocasionais, um dos mais exóticos que conheci nos últimos tempos, e contar rapidinho uma de suas muitas histórias. Para não cair no pecado da indiscrição, vou chamá-lo aqui de Zorô, o contemplador de astros. Eu o conheci no ponto do ônibus do meu bairro. Zorô sai do trabalho na mesma hora que eu. Como ele também é desses que gostam de conversar, não deu outra: ficamos amigos.

O nosso personagem é um coroa de uns sessenta e tantos anos, muito alegre, inteligente e meio lunático. Arquiteto aposentado, formado no Rio de Janeiro, onde nasceu e viveu por longos anos, é atualmente servidor público em uma autarquia federal. Ele adora falar, sem nenhuma modéstia e, muitas vezes, com notório exagero, sobre suas experiências pessoais e profissionais. Vive contando histórias sobre seus nove filhos – não sei quantos deles, PhDs –, sobre seu sítio em Teresópolis, seus cachorros e tudo que lhe vier à cabeça. É dono de uma excelente verve e de uma prodigiosa memória para acontecimentos, nomes e datas, tudo temperado com elegância, bom humor e uma boa dose de fantasia que, para mim, não deixa de ser a melhor de suas características. Com isso, acabamos por formar uma dupla perfeita para um bom papo: ele na arte de falar, eu na de ouvir.

Quase todas as tardes, quando eu chego no ponto do ônibus, Zorô já está lá me esperando para subirmos juntos. Dia desses, a bordo do busão, cismou de me contar sobre o envolvimento que teve no passado com ufologia, coisa que levava muito a sério, mas que, depois de alguns episódios estranhos, decidiu abandonar. Sua obsessão era conseguir um contato de terceiro grau com os greys, uma das três raças de alienígenas que vêm visitando a Terra desde o início da civilização humana. As outras duas seriam os reptilianos e os anunnakis. Vaidoso e histriônico, ao contar, ele não falava apenas para mim. Alteava a voz e, de vez em quando, olhava em volta para certificar-se de que estava sendo ouvido pelos demais passageiros.

— Os greys – explicou com seu desinibido vozeirão de barítono e indefectível sotaque carioca – são aquelas famosas criaturas de cabeças grandes, olhos amendoados e corpos pequenos: figurinhas fáceis nos filmes de ficção científica. Eles seriam mais dados aos contatos de terceiro grau, uma vez que, conforme já é sabido entre os estudiosos, desde os anos cinquenta, estabeleceu-se um acordo secreto entre os greys e os governos dos Estados Unidos, da União Soviética e da Alemanha, por meio do qual eles repassariam alguns segredos tecnológicos em troca do sinal verde para estudar com mais liberdade os seres humanos, se necessário até raptando alguns, desde que isso fosse feito com discrição.

Mas, Zorô não tinha medo. Pelo contrário, ele se sentiria honrado em ser abduzido por essas criaturas admiráveis. Assim, em meados dos anos setenta, arregimentou um grupo de amigos para tentar o contato. O local escolhido foi o topo do Pico do Piris, que era o ponto mais alto da Serra da Beleza, no Estado do Rio de Janeiro. Começava a circular entre os estudiosos de ufologia a notícia de frequentes avistamentos de OVNIs naquela região. Tal fenômeno estaria associado ao fato de que ali se encontrava a maior concentração mundial de areia monazítica, um mineral com propriedades altamente radioativas, capaz de abastecer de energia os discos voadores. Durante o dia, eles faziam caminhadas, tomavam banhos de cachoeira, meditavam e estudavam sobre a existência de outros mundos e os contatos com alienígenas. À noite, dirigiam-se para o ponto mais alto do pico onde era possível ficar, sentavam-se em volta de um braseiro e se concentravam no envio de ondas cerebrais positivas, sinalizando sua disposição para o encontro. Com o passar dos dias, por cansaço ou por ceticismo, os amigos foram, aos poucos, abandonando a aventura, até que Zorô se viu sozinho, minúsculo, sob o céu coalhado de estrelas, que cobria a imensidão de pedra carregada de mistério e de energia.

Na primeira noite de sua vigília solitária, o ânimo e a coragem ameaçaram abandoná-lo, mas ele resistiu. Olhando para o céu, crescia a convicção de que os seres tão esperados viriam de uma daquelas esferas. Mapeou o firmamento e, entre todos os lumes que lhe acenavam, deixou que a intuição escolhesse um deles para ser a sua estrela. Na noite seguinte, procurou e não foi difícil encontrá-la. Lá estava ela, destacando-se das demais pelo tamanho e pelo brilho. Zorô, então, deitou-se de costas na pedra, focalizou com firmeza o olhar na sua estrela e se concentrou no envio de ondas telepáticas benevolentes, as quais ali de onde ele estava, poderiam fluir sem interferências.

O ônibus seguia o seu trajeto e em volta de nós não se ouvia nenhum pio. Pareciam todos ligados na história: passageiros, motorista e trocador. Zorô delirava de satisfação. Diminuiu a voz, mas nem tanto, a fim de dar mais dramaticidade a sua narrativa e prosseguiu dizendo em tom de fingida confidência, que havia sido nesse ponto que a coisa ficara confusa.

Depois de algum tempo concentrado apenas naquela estrela de brilho mais intenso do que as demais, ele começou a sentir um calor diferente por todo o corpo e, em seguida, não saberia dizer se dormiu e sonhou ou se foi arrebatado para uma outra dimensão. Mesmo estando de olhos fechados, ele parecia enxergar por de trás das pálpebras, feixes de luzes coloridas, que iam do violeta ao amarelo, passando pelo azul, vermelho e laranja. E, com essas luzes, ele ouviu um som grave e muito harmônico soar em volume baixo dentro de sua cabeça, porém, sem passar pelos tímpanos. Depois, siderado, não sentiu mais o contato do seu corpo com a pedra. Quando acordou, ou saiu do transe, ou regressou de alguma estranha viagem, o dia já estava clareando. Juntou suas coisas, um velho cobertor de lã, uma mochila e um cantil, desceu o pico e voltou para casa, com a sensação de missão cumprida e a certeza de que havia mesmo entrado em contato com uma poderosa energia extraterrestre.

Passados alguns dias, ele começou a sentir mudanças estranhas no seu corpo e na sua mente. Ele percebeu que essa energia, vinda sabe-se lá de onde, estava lhe conferindo alguns poderes e dons que a maioria das pessoas classificaria de sobrenaturais. Antes que eu perguntasse que dons seriam esses, adiantou-se dizendo que quanto a isso, se eu não me importasse, por enquanto, ele preferia guardar segredo, pois ainda não tinha autorização para revelar, o que provocou em sua audiência olhares jocosos, mas também de desconfiança e até de estupefação. No banco ao lado, duas senhoras persignaram-se, e não se sabe se por coincidência, desceram no ponto seguinte, enquanto Zorô esfregava as mãos e se comprazia no mais inefável sorriso.

ATÉ QUE NEM TÃO ESOTÉRICO ASSIM

No já distante ano 2000, estava eu numa tarde calorenta de uma quarta-feira, sentado no escritório de casa, quando estremeci de susto ao ouvir tocar o telefone. Naquela ocasião, eu tentava elaborar o que seriam os primeiros rabiscos de um projeto acadêmico. Assim, atendi rabugento, sem nenhuma disposição para conversa. Do outro lado da linha, a voz toda animada do meu amigo Digão me soou um tanto inconveniente.

— E aí, Flajola, o que é que você está fazendo em casa a essa hora? – perguntou ele.

— Trabalhando, não é, Rodrigo? Trabalhando – respondi, secamente.

— Quer ir comigo hoje à noite no Sempre Um Papo? Vai ser lá no Palácio das Artes, com o Gilberto Gil e o Bené Fonteles, que acaba de lançar um livro – disparou Digão, passando por cima do meu mau humor.

— Não posso. Dou aula hoje à noite – continuei ainda ranzinza.

— Mas, Flajola, por que você não tenta dar um jeito? Vai ser com o Gil, cara! Com o Gil! Parece que o livro do Bené

Fonteles é um espetáculo. Acho que é sobre o papel educativo da música. Um lance assim. E o Gil vai comentar – insistiu ele.

Percebi que o Digão estava apenas um pouco mais informado do que eu sobre o tal lançamento, mas também não sabia muita coisa. Até hoje não entendi de onde foi que ele tirou aquela ideia de que os dois artistas falariam sobre o papel educativo da música. Mas, de toda maneira, a expressão caiu nos meus ouvidos como uma pastilha efervescente na água, e me ferveu os miolos, fazendo desaparecer instantaneamente o mau humor que eu sentia. Esse era o tema do projeto no qual eu trabalhava e eu precisava mesmo de inspiração para desenvolver o argumento. Comecei a pensar que o telefonema, na verdade, havia chegado em uma boa hora. Dentro de um mês, eu entraria de licença na escola onde lecionava História e Filosofia para estudantes do Ensino Básico, a fim de dedicar-me exclusivamente ao programa de doutorado. Sendo assim, não vi mal em telefonar para o diretor avisando que naquela noite eu não poderia ir, tendo antes o cuidado de arranjar um professor substituto para as minhas aulas. Tudo acertado, fui com o Digão para o Palácio das Artes.

— Digão, Adriana não vai me perdoar por eu não ter chamado ela pra vir com a gente também. Ela é vidrada no Gil – comentei, já sentado com ele na plateia lotada.

— Relaxa, Flajola, a sua, é a mulher mais compreensiva que eu conheço – ele disse.

— Pode até ser, mas não dá pra abusar. Ali, tempestades se formam em questão de segundos, meu chapa – ponderei, achando graça.

Nesse instante, o idealizador e mestre de cerimônias do evento, Afonso Borges, anunciou os dois convidados, que rapidamente subiram ao palco, sob aplausos calorosos. Já não era mais hora de conversar, mas de ouvir o que os artistas tinham a dizer. Quem começou foi Bené Fontelis, que embora fosse o autor do livro que estava sendo lançado, teve o bom senso de não ocupar demasiado a cena, pois era evidente que a plateia estava ávida por ouvir Gilberto Gil. Este, falou de futuros projetos como a gravação de um CD com o repertório de Bob Marley, respondeu perguntas do público e não deixou de dar uma canja com o seu violão, que foi um momento particularmente bonito naquele encontro.

Terminada a sessão, Digão e eu começamos a sair do grande teatro do Palácio das Artes, abrindo espaço no meio do povaréu. Ao chegar no lobby, a uma distância considerável do lugar em que havíamos sentado, notamos que a ruidosa massa humana tinha se organizado em uma fila imensa que se estendia para fora do teatro. Era uma fila de gente animada, sorridente e tagarela, quase todos com um livro, CD ou LP nas mãos. Parecia um cabo de alta tensão, carregado de entusiasmo e alegria, energizando tudo a sua volta. Logo, a eletricidade dos corpos apanhou em cheio o meu amigo, que além de ouvir o barulho festivo das conversas e risadas, tinha também o supremo privilégio de poder ver toda aquela agitação colorida.

— Vambora, entrar na fila, Flajola! Vamos lá falar com o Gil! – disse ele, empolgado.

Nem acreditei que o Digão pudesse estar falando sério. Havia muita gente no local e, pelo tamanho da fila, demoraria horas para que nós chegássemos perto do artista. Além do mais, eu nunca na vida havia entrado em uma fila de autógrafos. Sempre dissera a mim mesmo, que essa era uma atitude ridícula e que artistas eram pessoas comuns como qualquer um de nós. A verdade é que, pode não parecer, mas eu sempre fui tímido demais para isso. Mas meu amigo não estava brincando.

— O que é isso, Flajola! Vamos lá falar com ele! Você vai esnobar o Gil, cara? Quantas vezes na sua vida você já teve a oportunidade de falar com o Gilberto Gil? Vamos lá! Ele está logo ali esperando a gente! – ele insistia.

Digão falava de maneira entusiasmada como todos em volta, com um sorrisão estampado na voz, contagiado até a medula pela energia do ambiente. Tentei argumentar, quando fui interrompido por um desconhecido atrás de mim, que parecia igualmente animado.

— Fica ai, meu irmão! Daqui a pouco chega a nossa vez de falar com o cara! Eu tô com o songbook dele aqui na mão, aquele organizado pelo Almir Chediak. Maravilhoso! É lógico que eu vou pedir pra ele autografar! Eu curto o Gil pra caramba, brother. Acho ele genial.

Comecei a conversar com o desconhecido sobre o tal songbook, que eu também tinha e com o qual eu havia aprendido a tocar no violão algumas canções do Gil. Aquele tinha sido um dos primeiros presentes que Adriana me dera, e que, na época, me emocionou muito. Ao receber das mãos dela os dois volumes do songbook, mais os três CDs que o acompanhavam, percebi o quanto ela já me conhecia e a cumplicidade que estava se estabelecendo entre nós. Um arrepio de arrependimento correu pela minha espinha. Eu precisava mesmo ter chamado Adriana para esse evento. Ela teria adorado...

Enquanto conversava com o Digão e o cara do songbook, percebi que o lugar onde estávamos era justamente o final da fila e que nós havíamos nos incorporado a ela. Relaxei, já meio contagiado pelo entusiasmo de todos, e me deixei ficar, jogando conversa fora com as pessoas em volta. Logo, um pequeno grupo se colocou atrás de nós. Era a fila aumentando a cada minuto que passava. Não sei dizer quantas pessoas estavam ali, mas pelo barulho, era muita gente.

É preciso dizer que a incoerência é mesmo uma das características básicas da condição humana. Ela é o que nos diferencia, essencialmente, de chimpanzés, do minério de ferro, das pulgas e das samambaias choronas. Pelo sim ou pelo não, antes de sair de casa, tratei de colocar na mochila um CD do Gil. Nesse caso, talvez nem fosse incoerência, mas pura precaução. Afinal, era preciso considerar todas as possibilidades que o destino é capaz de nos reservar. E, se no fim do evento, de uma hora para outra, eu me visse em uma fila de autógrafos, sem a mínima chance de escapar de lá? Evidentemente, seria de bom tom ter nas mãos alguma obra que o artista pudesse assinar, e que depois viraria relíquia no meu acervo de recordações.

O CD que escolhi foi o *Quanta*, lançado em 1997. Nele, Gil poetizava lindamente com melodias, palavras e acordes, sobre o eterno namoro entre arte, ciência e espiritualidade. A escolha não foi casual. Naquele momento da minha vida, em que eu acabara de ingressar em um programa de doutorado, para estudar a influência da música sobre a educação dos sentidos, o álbum tinha virado o meu CD de cabeceira. Eu o escutava todos os dias. Para mim, somente um artista do quilate do Gil poderia traduzir em tão belas canções a delicada relação entre razão e sensibilidade. Seja lá como fosse, ali, naquela hora, bem no meio de uma fila de autógrafos, lugar que para todos os efeitos eu não cogitava estar, eu tinha nas mãos, como toda aquela gente ao redor de mim, um documento do ídolo, prestes a virar relíquia.

Comecei a ensaiar mentalmente algumas palavras para dizer ao Gil, assim que aquela procissão de admiradores enlouquecidos me colocasse frente a frente com ele. Precisava ser algo original. Não poderia ser como todas aquelas palavras que ele já estava acostumado a ouvir. Afinal, eu havia crescido acompanhando a sua carreira, de modo que o Gil era um amigo de longa data e o fato de ele não me conhecer era um mero detalhe na nossa amizade. Sendo assim, eu pensava em como suas canções e sua história sempre ocuparam um lugar especial na minha formação musical e humana. Invadia-me a plena consciência de que a música popular brasileira de todos os tempos, mas especialmente a da geração de Gilberto Gil, Caetano Veloso, Chico Buarque, Milton Nascimento, Beto Guedes, Lô Borges entre outros, foi, mais do que qualquer outra coisa, o que me ajudou a crescer. Portanto, não tinha como não sentir uma imensa gratidão e afeição por cada um daqueles compositores.

Para completar tudo isso que, naquele momento, girava na minha cabeça feito a roda gigante de Domingo no Parque, tinha também Adriana, que era louca por ele! Ela precisava estar aqui comigo para juntos conhecermos o Gil. Pensei isso e mordi os lábios ao lembrar de uma passagem bonita lá dos nossos velhos tempos. Madrugada, ruas desertas, a gente voltando de algum bar, embriagados e felizes, o aguaceiro despencando sem aviso; nós dois abraçados caminhando devagar, os pés nas poças d'água, as bocas compartilhando as gotas que recolhíamos do céu. Sim, faz mesmo muito tempo que eu não tomo chuva... Ela precisava estar aqui comigo, eu pensava. Do lado de fora da minha cabeça, no mundo real, as pessoas continuavam a falar animadamente enquanto a fila avançava, e o assunto era um só: Gilberto Gil.

Quando dei por mim, nós estávamos dentro do Grande Teatro, a poucos metros do ídolo. Já dava para ouvir a voz dele falando com os fãs que o cercavam, e, no entanto, eu ainda não sabia o que lhe dizer. Tinha nas mãos o *Quanta*, que eu queria que ele autografasse, e era tudo. Como resumir a vida numa conversa de cinco minutos? Foi então que uma ideia muito louca me passou pela cabeça. Tremi. Teria eu coragem para tanto? Não seria muita audácia de minha parte?

Enquanto aquele rio de gente me arrastava no seu leito, sem querer a minha mão esquerda tocou o objeto no bolso da calça, e borboletas amarelas me revoaram no estômago. Em voz baixa, avisei a Digão o que pretendia fazer. Ele não acreditou que eu fosse capaz. Na verdade, eu também não acreditava. No entanto, algo incontrolável dentro de mim fazia com que eu alisasse com renovada intensidade o objeto no meu bolso, e aquilo foi me desenhando um sorriso vacilante nos lábios que, novamente, eu mordia com força. Era a coragem chegando.

Acho que fechei os olhos, e quando os abri outra vez, já estava diante dele. Finalmente tinha chegado a hora. O artista estava instalado em uma grande mesa colocada sobre o palco, e autografava toda sorte de objetos que as pessoas lhe entregavam. Em volta dessa mesa, a uma distância civilizada, ficavam aquelas pessoas que, ou já haviam falado com ele mas queriam aproveitar um pouco mais de sua iluminada presença, ou era gente da produção do evento, jornalistas, personalidades públicas e outros VIPs.

Assim que ele me viu, levantou-se cheio de iniciativa e foi ao meu encontro. Cumprimentou-me com um largo sorriso e me deu um abraço fraterno, que pareceu realmente sincero. Depois de declarar-me seu fã e de lhe agradecer por tudo que sua música representava na minha vida, pedi a ele que autografasse o *Quanta*, para mim e para minha mulher, Adriana. Muito afável e atenciosamente, ele tomou o CD de minhas mãos e se sentou para escrever. Nesse momento, minha mão esquerda roçou de novo o bolso da calça, e num gesto súbito tirou para fora o tal objeto. Já não tinha mais volta. Eu iria mesmo fazer aquilo.

Sorte foi que, com a coragem, me veio também o bom senso. Girei a cabeça ao redor, e senti no ar a vibração de toda aquela gente. Diante de mim ele, o ídolo, o imortal, o artista adorado por mim e por todos estava debruçado sobre uma mesa escrevendo sua dedicatória, enquanto eu, de pé ao lado, coluna ereta, cabeça erguida, à vista de todos, assistia a cena. Julguei que aquela fosse uma postura inaceitável. Se eu quisesse falar com o Gil, eu não poderia me dirigir a ele assim do alto. Seria ao meu ver uma falta de respeito. Era preciso dobrar a espinha em sinal de reverência. Até mesmo porque, o que eu iria dizer exigia que fosse dito com alguma discrição, a fim de me preservar, e também a ele, caso fosse necessário.

Então, enquanto o artista ainda escrevia, curvei-me à altura de seu rosto e lhe mostrei o objeto que estava em meu bolso, ao mesmo tempo em que recebia de suas mãos o CD autografado. Era um telefone celular!

— Gil, você daria um alô aqui no telefone pra minha mulher? Ela é louca por você! –perguntei, quase sussurrando, procurando ser discreto, mas sem nenhuma vergonha, num tom alegre quase teatral, e sabendo que as pessoas mais próximas inevitavelmente ouviriam.

Não custa lembrar que em 2000, os telefones celulares já eram objetos corriqueiros, mas nem de longe ocupavam o espaço que os smartphones ocupam hoje no mundo. Nada de redes sociais, super câmeras e coisas do gênero. Eram aparelhos analógicos, daqueles com teclado e tudo, uma modernidade para a época, que Gil celebrava na canção, "Pela Internet", em que ele parodiava o famoso samba de Donga: "Pelo Telefone"...

Ao ouvir aquele inusitado pedido, o cantor levou um pequeno susto. Mas, logo se recompôs, iluminando tudo a nossa volta, com o mais cativante dos sorrisos. Pode ser que ele tenha se divertido com a ideia, ao lembrar dessa sua canção, que era parte do CD, o qual ele acabara de autografar.

— Claro!!! – exclamou ele em alto e bom som, sem nenhuma preocupação em ser discreto, enquanto pegava o telefone de minhas mãos com gestos largos e ainda mais teatrais – Qual é o número? – perguntou divertido.

Ouviu-se, então, um longo e sonoro "oooooohhhh!", vindo de todos os lados.

— Por que eu não pensei nisso antes? – disse alguém, com o típico som de quem leva as mãos à boca em gesto de espanto.

Eu lhe ditei o número e ele o digitou no teclado do celular.

— Isso vai ser legal – disse Gil para as pessoas que estavam ao redor, recostando-se no espaldar da cadeira giratória, estufando o peito e assumindo com bom humor o comando da cena.

Gil, que sempre foi um artista performático, havia entrado completamente no clima e pelo jeito estava adorando participar da brincadeira. Dei-me conta de que. sem querer, eu havia provocado mais um dos muitos happenings de Gilberto Gil. Mas, com certeza, eu não estava preparado para isso. Fiquei plantado ali, com um sorriso amarelo grudado na cara, inerte feito um figurante, observando o desenrolar dos acontecimentos. As pessoas em volta fizeram um silêncio de cumplicidade, de olhos e ouvidos atentos em nós, muitas delas mal segurando o riso e a vontade doida de interferir. Então, deu-se o diálogo, do qual por suposto só ouvimos a parte presencial.

— Alô! É Adriana?

Pausa.

— Como vai, Adriana? Aqui quem está falando é o Gilberto Gil.

Pausa.

— É!... Gilberto Gil!

Pausa.

— Mas é a única que eu tenho!...

Pausa.

— Estou aqui no palco do Palácio das Artes! Isto é obra do seu marido, Flávio!

Pausa.

— Alô! Alô! Acho que a ligação caiu – disse Gil, virando-se para mim e para as pessoas em volta, quase decepcionado...

— Não! Ela deve ter desmaiado! – gritou uma moça do meio da pequena multidão.

— Ah! Ela voltou – segredou Gil, dirigindo-se a todos – Tá tudo bem por aí, Adriana?

Pausa.

— Claro! Que música?

Pausa.

— Não adianta nem me abandonar... – cantou Gil com a maior simpatia do mundo.

O ambiente que estava carregado de uma alegre tenção explodiu em aplausos, gritos, assobios, flashes e cliques de câmeras fotográficas. Lá do fundo, uma garota suspirou em voz alta: "Ai ai! Isso é que é declaração de amor"!...

— Obrigado, Adriana! Obrigado! Fico muito feliz com isso! Olhe, o seu marido está aqui do lado e vai falar com você. Um abraço, viu! – finalizou Gil, passando-me em seguida o telefone – Fale com ela! Ela está um pouco nervosa! – Disse ele com um sorriso afável e aquela sua inconfundível dicção calma, de filósofo baiano, enquanto botava o telefone nas minhas mãos.

— Alô, Adrianinha! – eu disse.

— Cara!!! Que história é essa???!!! Me explica o que tá acontecendo! – disse ela aos berros de entusiasmo e de espanto!

No entanto, eu estava no olho de um furacão e simplesmente não tinha cabeça para falar com Adriana. Afinal, eu não era o Gilberto Gil, com pleno domínio da situação. Estava tão nervoso quanto ela, de modo que a única coisa que eu consegui dizer foi que mais tarde eu contaria tudo. Despedi-me com um beijo e desliguei, não só a ligação como também o telefone, para evitar que ela voltasse a chamar, pedindo explicações.

Não sei dizer muito bem como foi que se deu o desfecho do ato, com toda aquela barulhenta plateia ao redor. Acho que me despedi do Gil com mais um abraço e rapidamente fui retirado dali por Digão. Nem sei se ele chegou a falar com o nosso cantor de "Aquele abraço", "Refavela", "Realce", "Expresso 2222", "Drão", "O luar", "A paz" e tantas outras canções que embalaram as nossas vidas e nos ensinaram a amar e respeitar a música, a poesia, a liberdade e a diversidade do gênero humano. Pode ser que Digão tenha sido orientado pela produção do evento, a me tirar logo dali. Afinal, era necessário restabelecer a normalidade do ambiente. Sei que saímos por entre uma multidão que fazia questão de me cumprimentar e me tocar, como se por meio das minhas roupas e pele fosse possível sentir um pouquinho da energia e das boas vibrações de Gilberto Gil. No meio delas, estava o Colibri, meu velho camarada dos tempos do Colégio Estadual.

— Você é muito doido, Below! – disse-me, ele, batendo na minha mão e depois a segurando com as duas mãos dele, como era de seu costume – precisamos nos ver mais, meu brother. Vambora dar um jeito nisso, hein?

— Com certeza, Colibras! – eu respondi, ainda me virando para trás, enquanto era arrastado dali pelo Digão. Foi a última vez que vi o meu camarada, antes de receber pouco tempo depois, a triste notícia de seu desaparecimento numa curva da 381.

Ao terminarmos de atravessar o mar de gente, já fora do Palácio das Artes, Digão me propôs tomarmos uma cerveja por aí. Mas, para mim, não daria. Eu precisava com urgência encontrar Adriana, e assim lhe pedi que me deixasse em casa sem demora. Até chegarmos na portaria do prédio onde eu morava, fomos falando muito, muitas vezes e ao mesmo tempo e dando muita risada pelo caminho, com o Digão acelerando o carro e cantando pneus nas curvas, energizados como estávamos pelos acontecimentos. Chegando lá, nem o convidei para subir. De qualquer maneira, ele não subiria. Estava louco para encontrar pessoas em algum bar e tomar uma gelada por ele e por mim. Despedi-me dele na portaria e tomei o elevador, ainda rindo sozinho, ao imaginar o que diria a Adriana. Ela devia estar me esperando na sala, ansiosa feito uma leoa enjaulada. Saí do elevador, meti a chave na porta, abri e, na mesma hora, aquele sorrisão todo fugiu do meu rosto. A sala estava completamente apagada. Entrei. O corredor e os quartos também estavam escuros. Adriana não deve ter achado a menor graça nessa história, pensei. Ela já deve ter ido se deitar e provavelmente não irá querer falar comigo. Também, quem mandou eu ir conhecer o Gilberto Gil sem convidá-la? Entrei no quarto escuro sem acender a luz, passei as mãos pela cama e, surpresa! A cama estava feita e Adriana não estava lá.

Conhecendo como eu conhecia a minha mulher, caí mais uma vez na risada, já imaginando o que tinha acontecido. Lembrei-me, então, de que o meu celular estava desligado. Liguei o aparelho e resolvi consultar as mensagens de voz da caixa postal.

Primeira mensagem, 22h26: Adriana, eufórica de alegria, aos berros:

— FLÁVIO DE DEUS! QUE HISTÓRIA MALUCA É ESSA?!! ME EXPLICA O QUE É ISSO!!! O QUE É QUE TÁ ACONTECENDO?!! POR QUE VOCÊ DESLIGOU O TELEFONE?!!

Segunda mensagem, 22h51: Adriana sussurrando, com um sorriso nervoso na voz abafada pela mão, falando como quem não quer ser notada:

— Flávio, estou aqui no palco do Palácio das Artes. O Gil está logo ali na frente. Cadê você, caramba?!!

Ri muito ouvindo aquelas mensagens. Essa era a minha mulher, cheia de atitude. Com tudo aquilo acontecendo, se eu bem a conhecia, ela jamais ficaria quieta em casa, simplesmente me esperando voltar. Dei um tempo e liguei para ela, mas a conversa durou menos de vinte segundos, e, dessa vez, foi ela quem desligou. Rindo bastante, coloquei no som um CD, abri uma cerveja e fiquei esperando minha gata voltar para casa. Não demorou muito e ouvi o barulho da chave na porta. Assim que ela entrou, apertei o play, para recebê-la em grande estilo, aos acordes iniciais de, "Esotérico", a canção que Gilberto Gil havia cantado para ela ao telefone. Estava iluminada por um sorriso gilbertiano. Nos abraçamos, brindamos e comemoramos a noite inteira, do jeito que só a gente sabe fazer.

PORQUE MISTÉRIO SEMPRE HÁ DE PINTAR

Naquele dia, Flajola estava demorando mais do que de costume. Passava das dez e nada de ele chegar. Era quarta-feira e, segundo seus horários de aula, ele já devia estar em casa. Atrasos acontecem, eu sei, mas não tem jeito, eu sempre ficava apreensiva. Sei lá, é tanta violência que tem por aí.

Para me distrair, inventei de pregar um botão numa bata indiana que eu tinha, muito linda, toda bordada de lantejoulas e florezinhas miúdas formando desenhos geométricos, era uma graça. Até que eu gostaria de aprender a bordar daquele jeito, mas sempre fui péssima em trabalhos manuais. Minha avó bem que tentou me ensinar, coitada, só que eu não tive a menor paciência. Nessas coisas sou, confessadamente, uma negação. Passar a linha na agulha até hoje é um sofrimento. Negocinho chato taí. Mas depois que passa, vá lá, botão eu prego numa boa.

Agora, cozinhar eu cozinho bem, porque gosto, tá? Você precisa só ver. Modéstia à parte, eu sei fazer muita coisa boa. Massa, então, é comigo mesma. Faço um capeletti ao molho de manga com curry, que é, oh, uma maravilha! Acho uma delícia preparar os pratos, mexer com a química dos ingredientes, ver as pessoas comendo. Eu fico feliz com isso. Mas de lavar depois, eu não gosto. Essa parte eu deixo pro Flajola. Parece que ele gosta. Se não gosta, o cara finge muito bem.

Ah, Flajola, é claro! Era sobre ele que eu estava falando. Foi só pensar em comida que eu comecei a viajar na maionese. Negócio sério esse, viu? Mas, não repare, eu sou assim mesmo. O que eu queria era contar o que aconteceu naquela quarta-feira.

Foi o seguinte: eu estava bem distraída ali, pregando o meu botãozinho, quando o telefone tocou. Na hora, imaginei que fosse ele avisando que iria demorar. Até que eu arranjasse um lugar para descansar a agulha sem espetar o dedo, o danado do telefone tocou umas três vezes e eu naquele estresse sem conseguir atender. Telefone tocando é uma das coisas mais irritantes que tem. Já vai, caramba! Calma aí – eu disse, impaciente. Por sorte, o telefone sem fio estava bem ao lado. Atendi:

— Alô?

— Alô! É a Adriana?

— Sim, sou eu. Quem fala? – Estranhei. Não era o Flajola. No entanto, a voz me pareceu bastante familiar.

— Como vai, Adriana? Aqui quem está falando é o Gilberto Gil.

— O quê?! Como é que é?! Quem é que está falando?

— É!... Gilberto Gil!...

Vou te contar que nessa hora me deu uma vontade danada de rir. Gilberto Gil, ahan, tá bom... – pensei. O engraçado é que a voz era mesmo igualzinha. Seja lá quem fosse, o cara imitava muito bem. O problema é que aquela não era hora para brincadeira. Então, de repente, o negócio me irritou e me deu vontade de mandar a pessoa para aquele lugar. Mas me segurei. Pensando bem, a voz era mesmo muito parecida e foi isso que eu disse, voltando a achar uma certa graça na brincadeira.

— Mas é a única que eu tenho! – disse a pessoa do outro lado da linha, o que soava cada vez mais convincente. Resolvi, então, dar uma chance e puxar conversa para ver se desmascarava o impostor.

— Ok, senhor Gilberto Gil, mas me diga uma coisa: onde você está? – perguntei, debochada.

— Estou aqui no palco do Palácio das Artes! Isso é obra do seu marido, Flávio!

Não é para me gabar, mas sempre tive bom ouvido. A voz era idêntica. Fui ficando confusa, sem entender direito que maluquice era aquela. Parecia realmente o Gil, mas é óbvio que não fazia o menor sentido. O telefone sem fio estava com o som muito ruim e, para eu ter certeza de que era mesmo o Gil, eu precisaria ouvir melhor. Deixei ele jogado em cima da cama e corri para o outro aparelho, sem nem pensar que isso poderia derrubar a ligação.

— Tá tudo bem por aí, Adriana? – disse a voz.

— Tudo bem. Eu só precisei trocar o telefone. Mas se você é mesmo o Gilberto Gil, então canta uma música pra mim... – eu pedi, já quase convicta de que era ele de verdade, mas ainda precisando tirar a prova dos nove.

— Claro! Que música? – respondeu a voz, toda simpática.

— Ah, sei lá... canta... "Esotérico" – propus, ainda desconfiada. Foi a primeira que me veio à cabeça.

— "Não adianta nem me abandonar..." – cantou a voz inconfundível, seguida por palmas, gritos e assobios que pareciam vir de uma pequena plateia. Não havia mais dúvida, era mesmo o Gilberto Gil. Fiquei louca!

— Ai Gil É você mesmo como foi que descobriu o meu telefone mas você acertou Gil eu sou sua fã há muito tempo sabe desde pequenininha, a primeira música sua que eu conheci foi aquela do xodó sabe qual aquela que falta eu sinto de um bem que falta me faz um xodó ai Gil eu nem acredito que você tá me ligando Gil eu sou sua fã Gil ai meu Deus do céu aaaaaaaaaaaa!!!

— Obrigado, Adriana! Obrigado! Fico muito feliz com isso! Olhe, o seu marido está aqui do lado e vai falar com você. Um abraço, viu? – Finalizou Gilberto Gil.

Baratinada, ainda pude ouvi-lo dizer para alguém do lado:

— Fale com ela! Ela está um pouco nervosa.

— Alô, Adrianinha! – dessa vez era a voz do Flajola.

— Cara!!! Que história é essa???! Me explica o que tá acontecendo! – foi o que lembro de ter dito, cheia de um entusiasmo infantil, quase incontrolável...

Flajola me disse então que depois explicaria. E, em seguida, fez o quê? Simplesmente desligou o telefone na minha cara. Aquilo me deu uma raiva! Como ele podia fazer isso comigo? Liguei de volta, mas deu fora de área. Precisei respirar três vezes para não jogar o telefone na parede. Tudo bem, pensei resignada. Mas quando ele chegar, vai ter de me explicar tudinho, que história é essa. E eu não vou deixar barato não... Fiquei ali pensando, ainda com o coração acelerado, se levava adiante aquela raiva que eu estava sentindo. Na medida em que eu respirava, a raiva foi dando lugar a uma alegria enorme. Puxa, afinal, o Flajolinha tinha feito o Gil telefonar pra mim. Oh, que fofo!

Mas eu não podia ficar ali parada, pregando um botão feito uma lerda. Afinal, o Palácio das Artes não era longe, e Gil estava lá querendo falar comigo. Então, comecei a me arrumar. O vestido que comprei em Arraial d'Ajuda seria perfeito para a ocasião: colorido, fashion, com um toque baiano, tudo a ver. Um batonzinho pra dar um tchã, um rimelzinho pra tirar aquela cara de fantasma e pronto, tava gata. Era só pegar a bolsa e ir.

Mas onde é que estava a chave do carro? É sempre assim, nessas horas, me dá um desespero, que eu fico desnorteada. E naquele dia não foi diferente. Demorou um pouco, mas, enfim, achei a bendita chave. Só que aí me deu a ideia de que eu não poderia ir assim de mãos abanando. Seria legal se eu levasse um presente para o Gil. Mas o que poderia ser? Pensei, pensei e lembrei daquela vela perfumada em formato de estrela que eu tinha ganhado de uma amiga. Perfeito, disse comigo mesma. Seria lindo se eu a oferecesse a ele e depois cantasse aquela música, "há de surgir uma estrela no céu cada vez que ocê sorrir", do *Quanta*. Ai! Flajola e eu escutávamos esse disco todos os dias. É lindo demais! Peguei a vela e fiquei olhando pra ela na palma da minha mão, enquanto a minha cabeça começava a viajar nas mais loucas pirações. Coisa de filme. Só vendo.

A vela estava acesa e o fogo tremelicava. O ambiente agora era todo enevoado por fumaça de gelo seco. Eu vinha meio que flutuando, com um vestido esvoaçante, e tudo girava ao meu redor. Gil aparecia sorrindo feito um buda, vestido num caftan branco, e flutuava também. Eu me aproximava dele e lhe entregava a estrela. Ele sorria ainda mais, e seu rosto iluminado pela chama, agora era o do Flajola. Dentro da estrela, nós dançávamos um pas de deux, e a música que tocava era aquela mesma, bem na hora que dizia, "um deus fará absurdos contanto que a vida seja assim / sim, um altar, onde a gente celebre tudo que ele consentir".

Ei, Para de viajar, Adriana, pensei. Vambora logo, senão você perde o Gilberto Gil. Joguei a vela dentro da bolsa e saí apressada em direção à porta. Chamei o elevador, mas antes que ele chegasse, me toquei de que eu havia esquecido uma coisa muito importante: a câmera fotográfica! Imagina se eu poderia ter me esquecido dela? Voltei correndo para buscá-la, fazendo tudo errado pelo caminho. Era a chave que não abria a porta, a alça da bolsa que enroscava na cadeira da sala, era a bendita câmera que deveria estar no fundo da minha gaveta no quarto, mas que eu não encontrava nem por decreto. Finalmente, consegui achar a câmera. Pendurei ela no pescoço e saí desembestada feito uma louca. Se eu demorasse era capaz de não encontrar mais o Gil. Será que ele iria me esperar? - eu me perguntava aflita.

Enquanto eu dirigia rumo ao Palácio das Artes, minha cabeça não parava.

— Ai! Nem acredito que o Flajola ficou amigo do Gil, cara logo do Gil que eu amo tanto tanto tanto nunca pensei que eu ia conhecer o Gil mas ele ligou pra mim cara pra mim lógico que eu vou lá dar um abraço nele. Já que ele agora é amigo do Flajola vou chamar ele lá pra casa pra... sei lá... pra gente tocar um violão e ficar jogando conversa fora. Tem tanta coisa que eu queria dizer... Pela voz, dá pra ver como ele é gente boa... O cara é absurdo de tão simples tipo assim gente como a gente... ai... gente é o Gil, o Gil! Vou fazer pra ele aquele capeletti ao molho de manga e curry tenho certeza que ele vai amar. Boto ele e o Flajola no banco de trás do carro e levo lá pra casa. Ah só que no caminho vou ter de dar uma paradinha para comprar umas cerejas em calda, com cerejas meu capeletti fica bem melhor. Ai, mas será que vai ter vaga para estacionar na porta do Palácio das Artes? E se eu for barrada? Não, ninguém vai me barrar. Vou dizer que eu sou uma produtora cultural mega importante e que sou empresária do... do... já sei: do Tambolelê! Isso! Tambolelê é um nome de respeito. Ninguém vai me barrar, afinal o Gil foi quem me chamou, pessoalmente. Ele ligou pra mim, cara, pra mim!

Mas tudo foi acontecendo como num filme. Estacionei bem na porta do Palácio das Artes e fui entrando sem ninguém dizer nada. Mas, a essas alturas, eu já tinha caído na real. Aliás, bastou eu sair de dentro da bolha do meu carro e começar a caminhar com os meus próprios pés, num chão de verdade, que as fantasias sumiram de vez. Entrei no grande teatro e, sim, lá na frente, no palco, estava ele, rodeado de pessoas. Comecei a ficar nervosa. Olhei para todos os lados e não vi o Flajola. Tentei ligar, mas o telefone estava fora de área. Fui me aproximando do lugar onde ele estava, devagarzinho, meio na cara de pau e ainda assim, totalmente sem jeito, e fiquei por ali, fora da rodinha que cercava o Gil, sem saber direito o que fazer. Um peixe fora d'água, com uma nada discreta câmera fotográfica pendurada no pescoço. Foi aí então que aconteceu o que eu jamais esperaria. De repente, nossos olhares se cruzaram e, ao me ver, ele simplesmente se levantou da cadeira e foi ao meu encontro, abrindo espaço entre as pessoas.

— "A gente precisa ver para crer, diz o dito popular..." – cantei baixinho pra ele quando ele chegou perto.

Ele me deu um abraço e ficou sorrindo, porém sem dizer nada. Foi tudo muito rápido, mas entendi, pelo sorriso, que ele estava meio confuso.

— Gil, eu sou a Adriana, do telefone. Você ligou pra mim, Gil... – eu disse.

Nessa hora, meu celular começou a tocar dentro da bolsa. Atendi. Era o Flajola.

— Desculpe, querido, mas agora não posso falar. Estou conversando com o Gilberto Gil. Com licença. Bye-bye – eu disse e, simplesmente, desliguei o telefone.

— Ah, essa tecnologia!... Mas que extraordinário, Adriana! Que prazer! Que bom que você veio! Olhe, vocês formam um casal muito bonito! disse o Gil sorrindo divertido, com um certo ar paternalista.

Eu, boquiaberta, fiquei completamente sem ação e é claro que o Gil percebeu. Mas generoso e inteligente como ele é, não me deixou na saia justa. Vendo a câmera pendurada no meu pescoço, foi logo perguntando se eu gostaria de tirar uma foto. Acho que tremendo, eu disse que sim e segurei desajeitada a câmera. Ele então, gentilmente, a retirou de minhas mãos, e pediu que alguém tirasse uma foto de nós dois. Depois, outra e outra para garantir. Meus pés estavam nas nuvens.

Antes de colocar a chave na porta de casa, colei o ouvido na madeira. Lá dentro, nenhum ruído. Será que o bandido do Flajola ainda estava na rua? Assim que abri a porta, fui sacudida no coração, pela introdução a todo volume, de "Esotérico", a música que Gil havia cantado só para mim. E lá na sala, estava o maluco do Flajola, com dois copos de cerveja pra gente comemorar.

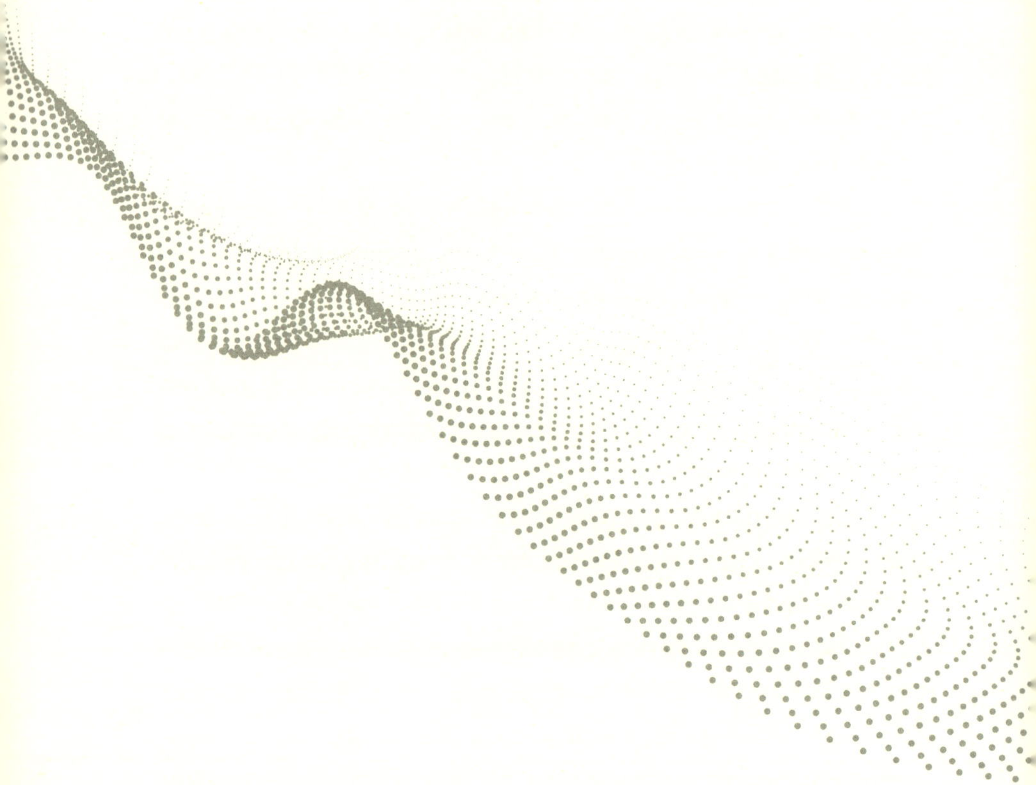

A HISTÓRIA DE SEU NOME

Aeronave no chão. Passageiros entrando ruidosamente com bolsas, mochilas e pacotes de todo tipo a procura do lugar marcado no bilhete. Em meio à confusão de vozes, sentado em uma poltrona do corredor, eu aguardava com pouco interesse o embarque de todos para o fechamento das portas e o início das manobras rumo à cabeceira da pista. Logo, viria a decolagem e o tedioso ritual de demonstração dos procedimentos de segurança.

A claridade daquela manhã ensolarada se fazia sentir através das janelinhas do avião, que eu enxergava como uma fileira de pontos luminosos que se estendiam ao longo das poltronas. Um hálito morno também entrava pela porta aberta, misturando-se ao sopro frio do ar condicionado que vinha do teto.

Ao meu lado, Nelson, meu companheiro de viagem, parecia se divertir descrevendo alguns detalhes da cena, enquanto nós comentávamos trivialidades e acontecimentos recentes. Falávamos, quem sabe, sobre o alvoroço na fila do raio X, ou sobre o mormaço daquele final de manhã, ou ainda sobre o estágio avançado das obras de reforma dos aeroportos do país para a Copa do Mundo, ou qualquer outra coisa assim sem importância.

Estávamos na África do Sul, prestes a deixar a Cidade do Cabo rumo a Johanesburgo. De lá, voltaríamos para casa. Tinha sido uma proveitosa viagem de uma semana de trabalho em Addis Abeba (Etiópia), onde participamos de uma conferência organizada pelas Nações Unidas e por uma ONG internacional sediada na Inglaterra. O objetivo do encontro era discutir com ativistas de diversos países as melhores maneiras de botar em prática a Convenção sobre os direitos das pessoas com deficiência. Para nós, aquela foi sem dúvida uma experiência inspiradora. Cada trabalho apresentado retratava universos culturais ao mesmo tempo tão distintos e tão próximos da realidade de nosso país. Naqueles dias, compreendemos como o mundo é mesmo pequeno e o quão universais são os problemas vivenciados por essas pessoas. Aprendemos muito, demos o nosso recado e, agora, era hora de voltar.

A África do Sul era escala obrigatória no caminho de volta e é claro que nós não desperdiçaríamos a chance de passar ao menos um fim de semana no país de Mandela. Não dava para muita coisa: um dia e uma noite na Cidade do Cabo e mais um dia e uma noite em Johanesburgo foi tudo que tivemos. O suficiente para ter uma vaga noção dos contrastes daquele país e para conhecer, entre outras curiosidades, a única rua do mundo onde moraram dois prêmios Nobel, o próprio Nelson Mandela e o reverendo Desmond Tutu. Foi muito interessante descobrir que os dois chegaram a ser praticamente vizinhos no coração de Soweto, considerado o principal cenário das lutas contra o odioso regime do apartheid, ainda nos anos 60.

Eu estava meio disperso, quando uma moça com um simpático sorriso me pediu, em inglês, licença para passar. Encolhi as pernas e ela se espremeu entre as duas fileiras de poltronas, indo sentar-se à janela bem do lado do Nelson.

— Se deu bem, meu velho! Vais fazer uma ótima viagem! – eu disse em voz clara e bem audível, porém, sem fazer gestos que denunciassem o comentário provocador, certo de que meu português brasuca não seria compreendido naquele pedaço de mundo. A delicadeza da voz transbordando amabilidade, o perfume suave e o contato dos meus joelhos com as pernas longas, fortes e esguias, envoltas em um vestido de tecido macio e caimento elegante não me deixavam dúvidas. Meu amigo havia sido premiado: viajaria ao lado de uma garota bonita e simpática. Digam o que quiserem, mas eu não costumo me enganar com essas coisas. Ora, nada de segundas intenções e longe de mim querer parecer chauvinista, mas o mero fato de se estar por duas horas ao lado de uma bela garota num voo da Sounth African Airways já teria, por si só, potencial para deixar o trecho bem mais agradável. Será que alguém discorda?

— É uma mulher negra linda! – ele disse tampando a boca com a mão e mal disfarçando o entusiasmo – Acho que é modelo. E deve ser premiada, porque ela está carregando uma espécie de troféu e uma revista de moda.

Nelson sempre foi um sujeito muito observador. É admirável a capacidade que pessoas como ele têm de, em apenas um relance de vista, captar e traduzir em palavras para quem não enxerga, os detalhes essenciais à compreensão de qualquer cena. Ele não precisava dizer que ela era alta e magra, pois isso eu pude perceber quando ela passou; não precisava dizer, pelo menos não no primeiro momento, a cor e o jeito do vestido dela. Pode ser que isso viesse a ser relevante, mas não imediatamente. Importante mesmo, pelo menos naquele país tão agudamente marcado pela separação racial, era saber que era uma negra, que era linda e que devia ser modelo.

Como educador, sempre fui guiado pela convicção de que o aprendizado mais profundo acontece principalmente na troca de experiências entre as pessoas. Assim, gosto de imaginar que a convivência do Nelson comigo durante os anos em que trabalhamos juntos e a necessidade de me descrever as coisas em determinadas situações, contribuíram para desenvolver nele um forte instinto de observação e síntese que, seguramente, já era uma de suas grandes qualidades. Não tenho dúvidas de que o refinamento dessa habilidade contribuiu para o aprimoramento de sua prática como advogado e, mais tarde, ainda o influenciou na escolha da carreira docente como professor em uma faculdade de Direito.

— Com licença, senhorita – eu o ouvi dizer em seu inglês certinho, polido e bem articulado, logo que o avião se estabilizou na altura traçada pela rota –vejo que você tem nas mãos uma revista de moda. Você é modelo?

— Não, não... – respondeu a moça com o seu sorriso simpático, ciente de que acabara de receber um educado galanteio – sou cantora. Estou vindo de um festival de moda, onde tive a alegria de ser homenageada por divulgar a moda africana em meus shows. Lá me deram este troféu. Bonito, não é?

Acho que ela disse também outras coisas. Mas isso foi tudo que eu consegui captar de seu tom de voz baixo e de sua prosódia em inglês sul-africano, em meio ao ruído abafado das turbinas e dos outros barulhos da cabine de passageiros. Com o corpo, eu procurava emitir sinais de interesse na conversa, olhando na direção deles, com o semblante aberto e os ombros um pouco inclinados para a esquerda.

— Sim, o troféu é muito bonito. Parabéns! – disse Nelson – Qual é o seu nome? – Perguntou ele, procurando também demonstrar simpatia.

— Meu nome é Lira.

— Muito prazer, Lira. Meu nome é Nelson e o do meu companheiro aqui é Flávio – ele respondeu batendo com a mão em meu joelho.

— Oi, Lira! Muito prazer! – eu disse sorrindo e acenando com a mão. Muito prazer!

— De onde vocês são?

Ela não tinha nenhum acanhamento para conversar com desconhecidos e sua voz moldada por um sorriso acolhedor ecoava felicidade em cada sílaba pronunciada. Contudo, de uma maneira que eu não saberia explicar, ela se mantinha protegida de qualquer pessoa menos sensível que confundisse sua alegria espontânea com uma abertura para investidas negativas contra a sua intimidade. Não pude deixar de pensar em nossas diferenças étnicas. Ela, negra, eu um moreno brasileiro de pele clara e o Nelson praticamente um caucasiano. O que essas diferenças poderiam significar? No momento, pelo visto, não tinham a menor importância. Aquela garota parecia ser uma pessoa de bem com a vida, sempre pronta a transmitir sua alegria ao mundo e, se possível em troca, receber boas energias. Ela era o que poderia se chamar de uma pessoa carismática, com um intenso brilho pessoal e, ao mesmo tempo, dona de uma simplicidade cativante.

— Somos do Brasil – respondemos quase ao mesmo tempo, como num backing vocal mal ensaiado.

— Oh, Brasil! Eu amo a música brasileira! A minha música tem muitas influências da bossa nova – ela disse, a sorrir – Vocês são do Rio de Janeiro?

— Não, não, somos de uma cidade chamada Belo Horizonte – respondi, pronunciando o nome com a fonética do inglês, que aos meus ouvidos soou um tanto ridículo. Comecei a explicar algumas coisas sobre a cidade, iniciando pela tradução de seu nome. Disse que era uma das maiores cidades do país, que era cercada de montanhas, que ficava na região Sudeste, relativamente próxima do Rio, que havia sido inaugurada no final do século XIX como uma cidade moderna e bem planejada, mas que crescera de maneira desordenada desvirtuando a simetria de seu traçado original.

Ia abrindo a boca para dizer mais alguma coisa, quando, de repente, fui tomado pela desconcertante sensação de que eu estava falando demais. Afinal, detalhes históricos sobre uma cidade da qual aquela moça sul-africana jamais ouvira falar, não deviam fazer muito sentido, nem provocar nela qualquer tipo de interesse. Comecei, então, a me sentir meio idiota e aos poucos as palavras foram amolecendo na minha garganta, até que eu já não soubesse mais como dar prosseguimento na conversa.

Para a minha sorte, a moça era do tipo fina, elegante e sincera, com habilidade pra dizer mais sim do que não e para não deixar ninguém em apuros. Ao perceber meu embaraço, e antes que houvesse tempo para qualquer constrangimento, foi logo dizendo que devia ser uma cidade linda e que ela tinha muita vontade de conhecer o Brasil. Quem sabe, se os anjos da música conduzissem bem sua carreira, que estava apenas começando, ela poderia cantar lá um dia. Nelson e eu respondemos com sorrisos envaidecidos como o de crianças que recebem um elogio da professora. Depois de uma pequena pausa em que ninguém disse nada, foi ela quem retomou o diálogo:

— O que vocês estão fazendo na África do Sul? Turismo?

Então, contamos a ela sobre a conferência em Addis Abeba, sobre a nossa participação e sobre o movimento mundial pelos direitos humanos das pessoas com deficiência. Ela ouviu com genuíno interesse, fazendo perguntas pontuais de modo a facilitar o nosso relato e também a sua compreensão da coisa. Não demoramos a perceber que se tratava de uma garota inteligente e sensível às causas sociais e que dominava, com desenvoltura, a arte da conversação. Ela possuía uma voz suave e a sua emissão era feita em volume bastante moderado, de modo a não competir com os ruídos do ambiente: uma prática usual entre profissionais da voz, que procuram com isso preservar a sua saúde vocal.

Obedecendo ao tom e ao ritmo ditados por ela, Nelson também acabou moderando a voz. Afinal, nenhum dos dois precisava falar alto para se entender já que estavam posicionados ombro a ombro nas estreitas poltronas do avião. Para mim, pelo contrário, sentado na ponta da fileira, era cada vez mais difícil acompanhar o diálogo. Nesse momento, a comissária apareceu oferecendo suco de laranja e sanduiches. Peguei o lanche e troquei com ela algumas palavras casuais sobre o voo. Quando acabei de comer, pedi licença aos dois ao meu lado, alegando um cansaço que na verdade não estava sentindo, reclinei a poltrona, fechei os olhos e tentei cochilar. Seria melhor retirar-me da conversa, do que ficar colando pedaços de frases aqui e ali, na tentativa de dar sentido ao diálogo. Se fosse o caso, quando pousássemos eu tentaria falar um pouco com a nossa interessante companheira de viagem. Se não desse, tudo bem, ficaria por isso mesmo.

O tempo passou e antes que eu começasse a me entediar de verdade, os alto-falantes encheram o ambiente com a voz pasteurizada e mecânica de uma das comissárias, anunciando os procedimentos de descida.

Depois de recitar o texto em inglês e em africâner, esta passou o microfone para uma outra colega que pareceu repetir toda a ladainha. Porém, dessa vez, o que ouvi foi uma fala cheia de cliques de língua, consoantes nasais e variações de tons em muitas sílabas. Aquele idioma era uma festa! Ele me trazia de volta para a realidade de que estávamos, de fato, na África. Em tudo, fazia lembrar a polirritmia e o modalismo da música tradicional africana, cujos ecos ouvimos não apenas nos brasileiríssimos maracatus, sambas e congados, mas em toda música produzida pelos negros do mundo inteiro após a grande diáspora. Comecei a sorrir.

É claro que a comissária Mandiwe – era esse o seu nome – já devia ter se apresentado no início do voo, mas eu distraído como estava não prestei atenção. Agora, meus ouvidos mais do que ligados, reconheciam muito bem aquela deliciosa sonoridade já familiar.

Imediatamente exclamei, "xhosa", em alto e bom som, provocando um forte estalo com a língua atrás dos dentes em vez de pronunciar a inicial X à maneira ocidental. Havia aprendido aquela pronúncia com um bartender na noite em que saí com Nelson para uma balada na Cidade do Cabo. Era um bonito bar na beira da praia, com o sugestivo nome de

Mama África, onde rolava uma espécie de jazz tribal com muita percussão, guitarra, um baixo pesado e sopros de metais. Contagiante até para um surdo. No intervalo da música, o bartender me reiterou o que eu já sabia: que o xhosa era uma das onze línguas oficiais da África do Sul, que era o idioma africano com a maior distribuição geográfica do país e que havia diversos jornais impressos nesse idioma, além de programas de rádio e incontáveis sites de internet. "Xhosa é a língua materna do nosso Madiba"! Disse ele numa exclamação simpática e cheia de dentes, referindo-se com orgulho e carinho a Nelson Mandela, figura adorada naquele país.

— Yes! It's xhosa! - exclamou Lira, voltando-se para mim, alteando a voz para que eu a ouvisse bem e soltando o mesmo clique de língua ao pronunciar o início da palavra - Você gosta? – ela continuou no seu impecável inglês.

— Sim! Gosto muito! Soa como música! – e, mais uma vez, exclamei: "xhosa", de maneira divertida, acentuando o clique da língua e provocando o riso dela.

O avião pousou. Apanhei minha mochila no compartimento de bagagens de mão e me dirigi até a porta que já estava aberta. Como estávamos na terceira fileira, foi fácil alcançar a saída. Antes que eu me atrevesse a descer as escadas sozinho, uma voz feminina atrás de mim perguntou se eu precisava de ajuda. Era Lira, amável como sempre. Não precisava, mas mesmo assim aceitei. Ali estava a oportunidade que queria para conversar um pouco mais com ela. Adoro conversar com pessoas locais durante minhas viagens!...

Descemos a escada juntos, eu segurando no braço direito dela, pouco acima do cotovelo. Era alta, magra, do tipo longilíneo. Tinha mesmo o porte de modelo. Nelson vinha logo atrás de nós. Assim que tocamos o solo de Johanesburgo com os nossos próprios pés, um jovem casal se aproximou sorrindo e falou com ela em uma língua africana que não identifiquei. Lira parou e, simpática, trocou com eles algumas palavras. Depois, pareceu escrever alguma coisa para eles. Os dois saíram animados e falando com ela enquanto se afastavam. Lira retribuía os sorrisos e acenava. Não entendi a conversa, mas se ela era mesmo cantora, aquele ritual eu conhecia bem.

— Puxa! Você é famosa por aqui, hein? – eu disse, teatralizando o meu espanto e fingindo incredulidade – de onde eles vieram? – aproveitei para perguntar ao Nelson, bem rapidinho em voz baixa mas em inglês, para não correr o risco de parecer grosseiro.

— Eles vieram no mesmo voo que nós – respondeu Nelson, na mesma toada.

Notei que entrávamos no terminal de passageiros quando ouvi o barulho da porta automática se abrir demarcando bem a fronteira sensorial dos ambientes. A atmosfera cálida daquele final de manhã dava lugar agora à temperatura artificial do ar condicionado. Ao mesmo tempo, o ruído ensurdecedor das turbinas dos aviões e de outras máquinas era substituído pelo incessante burburinho da multidão e da voz metálica dos alto-falantes a tagarelar os anúncios dos voos.

Quando me dei pela coisa, nós já estávamos cercados por um pequeno grupo de pessoas que pediam, em inglês, para tirar fotos e para que a nossa amiga lhes assinasse as camisetas, os cartões de embarque e qualquer outro objeto que tivessem à mão. Alguns, inclusive, pediam a Nelson que intermediasse o contato. A mim nada pediram. Na cabeça das pessoas, pelo jeito, em toda parte do mundo, um camarada cego não seria capaz de fazê-lo.

Ali, estavam, seguramente, mais de dez pessoas e todas falando ao mesmo tempo me deixaram tonto. Nossa companheira atendeu um por um com carinho, paciência e sem parar um minuto de sorrir. Estava claro que ela era quem mais se divertia com aquele assédio. Logo, notamos que se tratava de um grupo de amigos que provavelmente viajavam juntos e não de fãs isolados.

Enquanto ela se ocupava com os autógrafos e as fotografias, Nelson e eu tivemos tempo de trocar impressões em bom português sobre aquele inusitado episódio. Não é que a moça é conhecida mesmo?! "Nunca ouvi falar de nenhuma cantora chamada Lira... Talvez seja uma celebridade local...

— Uau! Você é mesmo famosa! – eu disse logo que o grupo se afastou – se é assim, eu também vou querer uma foto com você! – acrescentei, tentando me fazer de engraçado, protegido pela inocência e pela cara de pau dos forasteiros.

Sem pensar duas vezes, ela passou o braço esquerdo sobre meus ombros e, sorrindo, aproximou o rosto do meu. Nelson tirou a foto.

— Desculpe minha ignorância, Lira. Sou muito ligado em música e acompanho a carreira de diversos artistas internacionais, mas... Sinceramente?... Acho que nunca ouvi... – eu disse, esforçando-me a fim de parecer menos constrangido do que na verdade estava.

— Não liga não! – exclamou ela, interrompendo a minha fala – como eu disse, minha carreira está apenas no começo e eu tenho tido sorte. Não sou muito conhecida fora da África do Sul. Na verdade, já fiz shows na Europa e na Ásia, mas não foram grandes produções. Nunca fui à América e não tenho discos por lá.

— Quantos álbuns você lançou? – perguntei, já mais à vontade, tentando dimensionar qual seria a extensão da fama daquela linda personagem.

— Três – respondeu ela.

— Eu gostaria muito de ouvir e ter um disco seu. Existe alguma loja de CDs neste aeroporto?

— Sim! Fica no segundo piso.

— Você toparia ir até lá conosco e me dar um autógrafo? – A essas alturas a minha cara de pau já não tinha mais limites.

— Claro que não me importo, queridos! Será um prazer! Venham comigo.

Saímos a caminhar pelo aeroporto e, por muitas vezes, cruzamos com pessoas que a cumprimentavam de longe, jogavam beijos, chamavam seu nome, uns diziam que ela era mais bonita pessoalmente, outros que a adoravam, outros diziam coisas incompreensíveis em línguas africanas que não decodificamos. Ela acenava e sorria, mas, dessa vez, não parou. Seguimos os três juntos como velhos amigos, eu segurando o seu braço direito, enquanto Nelson caminhava do outro lado.

Confiante no clima de camaradagem que havia se estabelecido entre nós, eu resolvi propor uma brincadeira. Nelson e eu entraríamos primeiro na loja e ela esperaria do lado de fora até que nós a chamássemos. Na hora, nem pensei que poderia ser muita audácia para quem estava lidando com uma celebridade. Ela era mesmo conhecida! Mas era tão simples, simpática e espontânea que não vi nenhum mal na proposta. Assim que terminei de explicar o que faríamos, num rompante, ela parou de andar e de súbito voltou-se para mim, livrando seu braço de minha mão que o segurava. Gelei. Estava claro que eu havia avançado o sinal vermelho.

— Se vocês realmente acham que eu faria isso –, vocês estão completamente... – disse olhando firme na nossa direção, sem o seu habitual sorriso, enquanto o tempo congelava e eu, petrificado, aguardava o passa fora – Certos! – completou, depois de alguns segundos de suspense, soltando uma gostosa gargalhada – Gostei! Isso vai ser divertido! – ela continuou.

Recompôs o seu sorriso de sempre, enroscou o braço dela no meu e nos convidou a retomar a caminhada rumo à loja de CDs.

Ela era mesmo uma estrela, mas uma estrela sem nenhuma afetação. E também sabia ser engraçada quando queria. Sua gargalhada expansiva, mas elegante, estreitara o laço de cumplicidade que não sei bem por qual motivo havia surgido espontaneamente entre nós. Enfim, chegamos à porta da loja.

— Agora, espere aqui e só entre quando a gente chamar eu disse a ela, sob o silêncio meio envergonhado de Nelson, que parecia não acreditar no que nós iríamos fazer. Como uma criança traquina brincando de esconde-esconde, ela concordou e ficou do lado de fora.

Ao entrar, a minha primeira impressão foi a de que o tamanho do lugar era excessivo para uma loja de aeroporto. No entanto, era preciso lembrar que não se tratava de um aeroporto qualquer. O Oliver Tambo é um dos aeroportos mais movimentados do mundo e sua posição geográfica contribui para fazer dele o principal ponto de conexão para os viajantes que cruzam o planeta pelo hemisfério sul. Além do mais, ele é a principal porta de entrada para o continente africano e, no momento, estava recebendo uma série de melhorias visando prepará-lo para a Copa do Mundo de 2010. Tudo isso fazia com que o fluxo de pessoas circulando pelo terminal de passageiros fosse muito grande. Eram pessoas de todo o mundo, cada qual carregando no rosto, na pele, na fala, nas roupas e nos cabelos, os traços de sua origem e cultura. Todos pareciam ávidos, como nós, para experimentar um pouco da diversidade cultural disponível naquela esquina do mundo. Tudo isso justificava o variado mix de lojas que havia no aeroporto, bem como o tamanho de muitas delas.

Fomos direto ao balcão que havia no fundo da loja, onde dois jovens vendedores brancos recebiam os clientes com uma simpatia burocrática e meio preguiçosa. O estabelecimento estava quase vazio. Além de mim e do Nelson, havia mais duas ou três pessoas examinando as prateleiras de CDs, com cara de pouco interesse, segundo o meu companheiro que adorava descrever as coisas. Um som afro-caribenho tocava em volume moderado dando vida ao ambiente.

— Hello friends! – fui dizendo sem rodeios – vocês têm algum CD da Lira? – eu pretendia ver como eles reagiriam à simples menção do nome de nossa recente amiga.

— Lira?! – disse um deles abrindo um largo sorriso – claro que sim!

— Ela é bem conhecida por aqui, não é? – perguntou Nelson.

— Conhecida?! – respondeu o outro vendedor, soltando um assobio meio suspirado – ela é, no momento, a melhor cantora da África do Sul! Seu álbum "Feel Good" está no topo das paradas de sucesso e não para de vender. Vocês ainda não conhecem?

Ele fez uma pausa e sem esperar nossa resposta, emendou:

— De onde vocês são?

— Do Brasil. Podemos ouvir um pouco do CD? – perguntei.

— Claro!

O som afro-caribenho parou de tocar e, após um breve silêncio, começamos a ouvir a batida seca de uma bateria eletrônica em compasso binário. Com ela vinham algumas chamadas do contrabaixo e acordes de piano elétrico com um pouco de reverber, tudo num volume mais elevado que os vendedores fizeram questão de colocar. Em seguida, entraram os vocalizes feitos por uma suave e afinada voz feminina, também colorida por efeitos de eco. Eram os compassos da introdução, que anunciava um som pop, mas de pegada jazzística de extremo bom gosto. Após uma rápida paradinha da batera, a cantora dos vocalizes entrou no contratempo cantando a letra. Daí para diante, a canção ganhou peso, densidade e suingue, com a presença mais constante do baixo e de uma guitarra funkeados quase sem efeitos de pedais, mais contrapontos e solos de flauta transversal e de algumas modulações de tom na harmonia, que deixavam a canção deliciosa. Isso, sem falar nas texturas dos vocais sobrepostos e dos caprichos da mixagem que, ao longo da música, valorizavam o efeito estereofônico brincando com a espacialidade do som, fazendo-o viajar de uma caixa a outra como se quisesse deslocar o eixo de nosso equilíbrio.

Uau! Era ela cantando! Maravilhosa! Fiquei eletrizado ouvindo os compassos iniciais. Na medida em que a canção ia evoluindo, fui sendo contagiado por uma misteriosa alegria que vinha das ondas sonoras, ecoando no meu peito as batidas secas e na cabeça as palavras que fluíam como se fossem cantadas na minha própria língua, sem necessidade de tradução. Para mim que ouvia com a alma, elas pareciam expressar a alegria latente em cada ser humano daquele continente tão rico em sua diversidade. O som prosseguia e enquanto a música entrava pelos meus poros, eu me dava conta do quão especial era aquela garota do avião, tão simples e tão indiscutivelmente talentosa. Mesmo sendo jovem na idade e na carreira, ela já havia conquistado um grande carinho por parte do público. Com o seu jeito afável e encantador, ela era nada menos do que a exata personificação da música que eu ouvia agora, e o público reconhecia isso. Assim, era como se ela simbolizasse e desse voz à alegria de todos, uma alegria que muitas vezes não sabia direito como se expressar, mas que encontrava nela um límpido canal de manifestação.

O povo daquele país tinha mesmo motivos para se alegrar, uma vez que a África do Sul estava vivendo um período de otimismo e de euforia, com a aproximação da copa do mundo, com o bom momento econômico que atravessava, com os quinze anos de democracia e a já consolidada vitória contra o apartheid. Logo, não havia dúvidas de que aquela artista e em particular aquela canção espelhavam essa boa fase sul-africana. A canção dizia:

Só quero me sentir bem todos os dias
Eu quero ter um sorriso sempre no rosto
Eu quero sentir a alegria do dia

Eu quero me sentir acesa nesse instante
Quer saber: não vou perder tempo me sentindo triste
Não vou perder tempo com coisas que eu não posso mudar
Eu vou viver esses dias da melhor maneira que eu puder
Fazendo tudo que me faz sentir bem
Eu quero ouvir o riso de uma criança
Eu quero sentir o abraço de um amigo querido
Eu quero ouvir "Eu te amo", agora e depois
Eu quero mostrar a alguém, que eu me importo
Porque sentir-se bem é uma escolha que nós todos fazemos
Tal como um sorriso lhe custa apenas um pequeno esforço
Eu amo sentir a nudez de um dia novinho em folha
Feliz por estar acesa hoje
Alegria na minha alma
Eu me sinto bem hoje
Sim, eu me sinto bem

Logo que ela parou de cantar e veio a parte instrumental, com um exuberante solo de flauta e as modulações da harmonia a transitar entre os tons, minha mente foi abandonando a frequência de devaneio para aos poucos recobrar a consciência do momento. Assustado, dei-me conta de que faziam quase dez minutos que Nelson e eu havíamos deixado uma mega star esperando por nós do lado de fora da loja. Que gafe! Que absurdo! É claro que ela já teria ido embora. Olhei em volta e, nervoso, chamei pelo meu amigo. Mas ele não estava mais ao lado. Depois de alguns segundos de confusão, chamei de novo e, dessa vez, um dos vendedores me avisou que ele havia saído da loja logo no início da música. Conhecendo o Nelson como eu conhecia, no mesmo instante, compreendi aliviado, que ele tinha ido certificar-se de que ela continuava lá e de que não iria embora.

— Que voz! O som dela é fantástico! – disse, virando-me para o vendedor.

— Gostou!

— Sim! Muito! Vou querer um CD. Mas tem de ser autografado por ela.

— O vendedor sorriu sem entender qual era o espírito da brincadeira.

— Ei, Lira! Por favor, você poderia vir aqui me dar um autógrafo? – eu chamei do fundo da loja confiante de que ela estaria logo ali.

Em questão de segundos, ouvi um pequeno tumulto avançando por entre as prateleiras abarrotadas de discos. Algumas pessoas vieram até o balcão pedindo pelo "Feel Good", enquanto um grupo falava alto e o que se ouvia eram exclamações e elogios. Alguns, mais ousados, chegavam a assobiar alto e, em seguida, ouviram-se aplausos, gritinhos e a repetição do nome, Lira, Lira, sob palmas ritmadas. O tumulto veio se aproximando do lugar onde eu estava e, de repente, senti uma mão segurar de leve no meu braço. Supus que os vendedores ficaram bem surpresos e tentei imaginar as suas caras de espanto. Aquela mão eu já conhecia.

— Então, meu querido, onde você quer que eu assine? – disse Lira divertida como sempre, mas, dessa vez, de um jeito teatral, em um tom elevado para que todos a ouvissem. Não era mais a nossa amiga do avião, mas a celebridade do momento, sabedora de sua posição naquela sociedade.

Desconsertado por estar no centro das atenções de um pequeno tumulto, entreguei a ela a capa do CD. Não era isso que havíamos combinado. Nelson e ela inverteram a brincadeira e agora eu é que estava no olho do furacão. Antes de me devolver a capinha, ela leu: "To Flávio, with love! Lira, november 2008". Depois, me deu um abraço e um longo beijo no rosto. Seguiu-se um demorado "Êeeeeeee!", mais aplausos e incontáveis flashes pipocaram em cima de nós.

Vertigem...

A memória é mesmo uma coisa interessante. Alguns dizem que é seletiva, outros, que ela navega a mercê dos nossos desejos, misturando as tintas da fantasia e da verdade, sendo o tempo um ingrediente essencial dessa mistura. Mas, para mim, a memória não é apenas seletiva. Ela é, também, afetiva. Vários anos se passaram desde os acontecimentos aqui relatados e então me pergunto se tudo se deu mesmo desta maneira.

Afinal, não se pode desconsiderar que o exercício da escrita é algo muito sedutor, de modo que as narrativas de acontecimentos passados têm sempre um flerte com a ficção. Em todo caso, tenho pelo menos duas testemunhas que poderiam dar suas versões desses fatos. Pensando bem, até gostaria de ouvi-las, não com o objetivo de comprovar nada, mas pela simples curiosidade de saber como seriam as suas recordações, já que no meu caso, o encontro narrado nestas páginas marcou para sempre – e da maneira mais bela – o resto da minha vida. Isso porque a história não acaba aqui. Então, prossigamos.

Ao chegar em casa, e depois de abraçar Adrianinha durante um tempo que nenhum relógio saberia contar, fui desfazendo as malas ali mesmo no chão da sala, espalhando tudo sobre o tapete, até que finalmente encontrei o CD. "Preciso te mostrar isto". "Nossa! Que linda ela é! Bota pra tocar. Autografado, hein"?! Depois mostrei a foto que o Nelson tirou no saguão do aeroporto. Em uma semana "Feel Good" tinha alcançado o topo das paradas de sucesso da minha casa. Assim, quando não estava tocando na sala, estava no carro de Adriana, ecoando pelas ruas de BH. "I just wanna feel good every day / I wanna weare a smile upon my face..."

Então, numa manhã de domingo, dessas ensolaradas e cheias de vida, enquanto ela ouvia a canção, virou-se para mim, enroscou os braços em volta do meu pescoço e disse de um jeito lindo que eu nunca mais vou me esquecer: "Baby, se um dia a gente tiver uma filha, vai se chamar Lira".

E é essa a história, meu amor. Então, quando lhe perguntarem de onde vem esse seu nome tão lindo, você já vai saber. Olha, sua mãe e eu queremos que você se sinta bem todos os dias. E que ao brilhar, você possa iluminar tudo a sua volta. Porque, como diz aquela outra Lira, que inspirou seu nome, sentir-se bem é quase sempre uma escolha que fazemos. Afinal de contas, um sorriso muda tudo e custa mesmo nadica de nada.

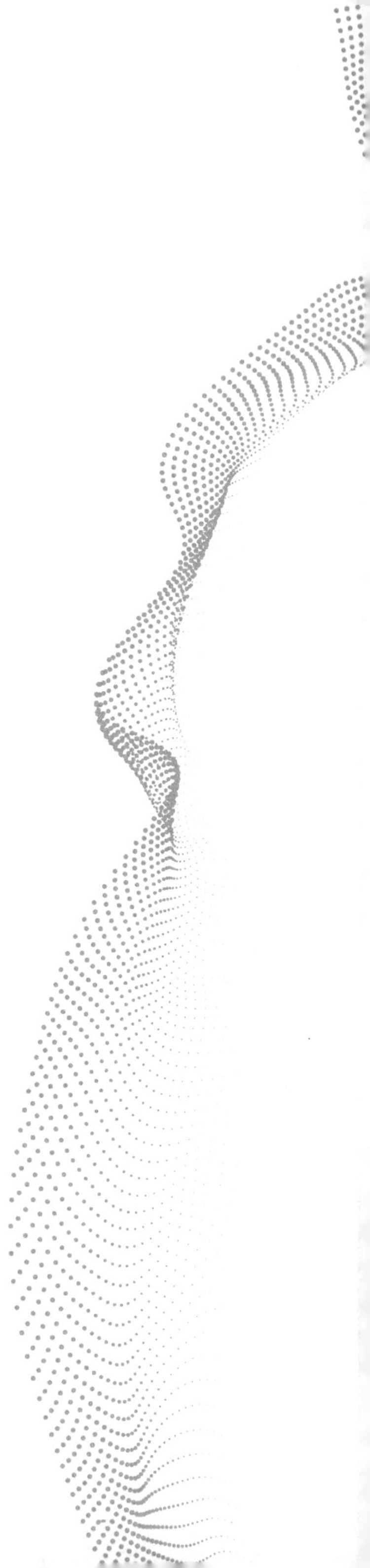

AULA DE BRAILLE

À memória do Professor Valter Alves, do Instituto São Rafael,
Belo Horizonte – Minas Gerais – Brasil

O traçado da letra cursiva ia se esmaecendo a cada dia, enquanto os olhos apertados tentavam, a todo custo, distinguir o contraste da escrita no caderno. Óculos muito grossos, nariz colado ao livro e a voz abafada pela proximidade do papel eram comuns durante as leituras em voz alta. Sentar na primeira fileira e levantar do lugar a todo tempo para olhar de perto o texto da lousa era, também, parte da rotina na sala de aula, com a qual eu já me habituara. Um outro hábito que acabou se desenvolvendo, ora mais, ora menos incentivado pelos professores, foi o de sentar em dupla, para que o colega ditasse a matéria ou prestasse algum auxílio extra. Isso era também muito bom, por permitir conversinhas corriqueiras, quase sempre interrompidas pelas admoestações dos mestres, que se impacientavam com o burburinho e com a ocasional falta de atenção dos alunos.

Durante o recreio, ia ficando mais e mais difícil participar das brincadeiras com bola, do futebol e de outros jogos. Ao mesmo tempo, era importante ir adquirindo o necessário fair play para conviver com as brincadeiras, apelidos e implicâncias dos colegas, algumas vezes inocentes, outras vezes, temperada com a crueldade, ou franqueza, própria das crianças e dos adolescentes. Cegueta, caolho, quatro olhos eram os nomes mais comuns. Tapinhas na nuca, cutucões e dedos nas lentes dos óculos, todos sem autoria definida, eram práticas infringidas contra o meu sossego, mas com as quais eu já me habituara, ora levando na esportiva, ora partindo para a violência física.

Nesse último caso, normalmente, levava a pior, mas saía gratificado pelo meu sentido de justiça e pela sensação de não me ter deixado humilhar. As adversidades do cotidiano não me incomodavam tanto. Eu possuía uma autoestima equilibrada, reforçada pela educação que recebia de meus pais, que sempre me encorajaram a ser confiante e independente. Só vim a sentir pela primeira vez o gosto amargo do preconceito, quando soube que uma garota me recusara, explicitamente, em razão de minha deficiência visual, que eu sabia estar se agravando. A dificuldade para ler, agora, era tremenda. Nem as grossas lentes me garantiam mais o tênue contorno das letras, que desapareceram quase por completo, dos livros, do caderno, da lousa. Havia, pois, chegado o momento que eu tanto quisera adiar, o de começar a aprender braille.

Nesse caso, o preconceito era todinho meu. Julgava que o braille fosse coisa de cego e que, portanto, definitivamente, não era para mim. Mas, no íntimo, sempre soube que, como portador de glaucoma congênito, mais cedo ou mais tarde, eu perderia a minha preciosa visão, que mesmo não sendo lá essas coisas, continuava a ser, para mim, tão preciosa. Fonte de equilíbrio físico e, porque não dizer, também mental, minha visão me permitia enxergar o azul do céu, o branco das nuvens, o contorno das árvores e das montanhas. Distinguia as cores e o formato dos objetos, mas nunca dispensava o tato, a audição e o olfato, para me auxiliar no reconhecimento de seus detalhes. Já com os meus quinze anos de idade, não mais saía às ruas desacompanhado, como antes. Assim, além do braile, havia chegado a hora de aprender locomoção e mobilidade, em miúdos, aprender a usar a temida bengala branca, símbolo máximo da cegueira, o qual eu não fazia nenhuma questão de ostentar, recusando-me terminantemente a frequentar o instituto dos cegos.

Ocorre que, por essa ocasião, eu manifestara um grande interesse pela música. Como muitos adolescentes dotados de sensibilidade artística, queria de toda maneira aprender a tocar violão e a cantar, inspirado pelos ídolos da MPB e do rock and roll. Arranjaram-me, então, um professor, o melhor da cidade, que me ensinaria a dedilhar as cordas do instrumento e a criar acordes encantadores. Nos dias que antecederam o da minha primeira aula, mal consegui dormir, tamanha era a minha expectativa e entusiasmo. Na hora marcada, sentado na sala de visitas da casa do professor, junto ao meu pai, aguardava ansioso pelo término da aula de outro aluno e de onde estávamos, ouvíamos, nitidamente, límpidos arpejos e solos de violões que tocavam em dueto, aumentando assim o meu entusiasmo. Quando os acordes cessaram, irromperam na sala um senhor e um jovem, ambos de violão em punho.

Ao ser apresentado a mim, o jovem me disse que eu era um garoto de sorte, por ter, a essas alturas do ano, conseguido uma vaga para estudar com um dos melhores professores de violão do país e que eu não perdesse essa magnífica oportunidade. Despedindo-se de todos, o jovem saiu, fechando a porta atrás de si. Um frio percorreu então a minha espinha, ao me dar conta de que meu professor, aquele considerado um dos melhores do país, era um senhor de uns sessenta e poucos anos, completamente cego! Na verdade, o primeiro cego de carne e osso que eu conhecera.

No primeiro dia, conversamos muito, sobre o violão, mas também sobre outros temas: a deficiência visual, como é viver sem enxergar, uma de minhas maiores angústias à época. Trocamos impressões com a liberdade de quem compartilha a mesma experiência de não ver. Um, homem maduro, absolutamente realizado, tranquilo com a vida e com a sua deficiência e a sua profissão; outro, adolescente, ainda mal tateando os seus caminhos, cheio de expectativas para o futuro, de ansiedades, medos e inseguranças. Éramos, assim, o mestre e o aprendiz, ou o guru e seu novo discípulo. Pois bem, esse professor, a música, a minha vontade de aprender, meus pais que espertamente armaram toda aquela situação, acabaram sendo os grandes responsáveis pela minha iniciação no universo tiflológico e, especificamente, no das soluções educacionais direcionadas ao atendimento das necessidades de estudantes com deficiência visual.

Fazendo-se passar por desavisado, meu velho professor perguntou-me inicialmente se eu teria condições visuais de ler partituras escritas no sistema comum, em tinta. Depois de ouvir a minha resposta um tanto desapontada, sorrindo, colocou em minhas mãos um livro muito grosso todo marcado com pequenos furinhos formando linhas em alto relevo e me disse que ali estavam todos os exercícios e as músicas que eu deveria estudar no primeiro semestre de aulas. Era a primeira vez na vida que eu manuseava um livro escrito em braile, embora eu já conhecesse vagamente o sistema, de tanto ouvir falar nele, principalmente durante o último ano. Sabia que era um sistema de leitura e escrita para cegos, criado por um francês chamado Louis Braille, em 1825, e que a leitura era feita com a ponta dos dedos. Fora isso, eu não sabia mais nada. Então, habilmente, o professor incitou a minha curiosidade sobre o assunto, dizendo-me que quando Braille criou o seu sistema, ele tinha exatamente a minha idade, quinze anos, e que todas as letras e todos os símbolos, incluindo os da matemática e os da música, eram formados da combinação de apenas seis pontos e que esses pontos permitiam sessenta e três diferentes combinações. Eu quis saber como a escrita era produzida e ele me mostrou uma prancheta de madeira na qual se acoplava uma espécie de régua metálica, que abrigava as matrizes dos pontos, chamada reglete. Mostrou-me, em seguida, um pequeno instrumento pontiagudo parecido com um prego envolto em um suporte anatômico feito de madeira ou de plástico, chamado punção, que servia para furar o papel, o qual deveria ficar preso entre as duas partes da reglete.

Explicou-me que o papel deveria ser um pouco mais grosso do que o comum (gramatura 40, por exemplo), para que o relevo não se apagasse facilmente. Depois, mostrou-me uma máquina de escrever com apenas seis teclas, uma para cada ponto do braille, e uma barra de espaço para separar palavras. Era a máquina Perkins de datilografia em braille. Assim, sem perceber, eu estava tendo ali, com meu professor de violão, a minha primeira aula de braile, contra a qual eu tanto resistira durante um ano. Perguntei a ele se os livros eram escritos com aquela máquina, se eles teriam de ser feitos um a um à mão. Ele riu e me contou que havia impressoras específicas capazes de produzir uma grande quantidade de material em braille em tempo reduzido. Eu, sério, ouvia tudo atentamente. Continuando a conversa, o professor tomou um papel, colocou-o na reglete e escreveu meu nome. Tirou o papel e me deu para que, com a ponta do indicador direito, eu sentisse pela primeira vez, o relevo do meu nome gravado em braile. Confesso que nessa hora me bateu uma emoção diferente, ao sentir que aquela primeira palavra, de tão forte significado, estava me reabrindo as portas para o mundo fascinante da leitura que, lamentavelmente, eu julgava perdido.

Percebendo meu interesse, o professor resolveu avançar mais e propôs que eu experimentasse escrever, de início, apenas furando todos os seis pontos de cada célula braille da primeira linha da reglete. Ensinou-me que cada uma de suas quatro linhas era composta de, aproximadamente, vinte e oito quadradinhos chamados células e que cada uma delas abrigava os seis pontos, a partir da combinação dos quais, as letras eram formadas. Fez-me sentir com os dedos, cada uma das quatro linhas e me disse que a reglete se encaixaria na prancheta, em diferentes alturas. Desse modo, deslocando-a para baixo até o fim da prancheta, podia-se utilizar toda a superfície de uma folha de tamanho ofício.

A minha primeira surpresa foi saber que eu deveria começar a furar os quadradinhos, da direita para a esquerda, contrariamente à escrita convencional, que se faz da esquerda para a direita. A razão era simples: como o braille é uma escrita em alto relevo, ao furar o papel com a punção, imprime-se um ponto em alto relevo no verso do papel. Logo, a escrita, quando produzida na reglete, obedece a uma lógica de espelho, isto é, invertida em relação ao modo de se ler. Assim, para ler o que foi escrito, o escrevente deve tirar a folha da reglete e virá-la do outro lado, para só então escorregar os dedos pelas linhas. Lembrou-me que a leitura se fazia normalmente, da esquerda para a direita. O professor gostava de dar explicações detalhadas. Então, começou a me falar sobre a ordem dos pontos, de um a seis.

Na escrita, o ponto um seria, assim, o primeiro no alto da célula, à direita, depois dele, o ponto dois seria logo em baixo do ponto um e o ponto três seria bem abaixo do ponto dois.

Completava-se, assim, a coluna da direita da célula. Nessa lógica, o ponto quatro era o primeiro do alto da coluna da esquerda, da mesma célula, e assim por diante até completar os seis pontos, isto é, o preenchimento de todo aquele quadradinho.

Ao premir os pontos no papel, segurando ainda que desajeitadamente a punção e acompanhando a sua ponta com o indicador da mão esquerda, conforme o professor havia orientado, a fim de facilitar o direcionamento daquele interessante instrumento de escrita, completei o preenchimento de toda a primeira linha. Tirei o papel da reglete e então o virei para observar com a ponta dos dedos o resultado daquela experiência: uma carreira de quadradinhos impressos em alto relevo, os quais, ao meu tato, contrastavam magnificamente com a lisura e a maciez do papel.

— É isso – disse o professor – para os videntes, as letras se formam a partir de seu contraste em cores com o fundo nas quais estão impressas. Já para nós, o contraste se dá por meio de pontos palpáveis. O filósofo francês Denis Diderot, que viveu no século XVIII, foi um dos primeiros a refletir sobre a percepção dos cegos. Inclusive, sua obra *A carta sobre os cegos para uso dos que veem*, um clássico da filosofia da época, foi o pontapé inicial para a criação de uma pedagogia voltada para as necessidades especiais das pessoas com deficiência visual. Ele foi quem deu a sustentação filosófica para Valentin Hauy, o precursor na criação de escolas para cegos, e mais tarde, para a própria invenção do maravilhoso sistema de Louis Braille.

Depois de me incentivar, dizendo que eu levava jeito para aprender, levantou-se de um supetão, bateu uma estridente palma e num tom animado e resoluto disse que nós já estávamos falando demais e que era necessário um pouco de música. Apanhou o violão e começou a dedilhar a esmo. Eu, sem dizer nada, observava tudo extasiado. "Agora, meu filho, ouça isto" – disse-me ele num tom compenetrado. Pigarreou levemente e, por alguns segundos, fez-se naquela sala um silêncio sacral que, aos poucos, começou a ser preenchido pela mais bela melodia que até então eu já ouvira. Durante pouco mais de dois minutos, aquele som angelical ocupou cada canto da sala, fazendo vibrar, através de meus tímpanos embevecidos, cada molécula de meu corpo. Ao acabar, disse ele após mais um átimo de silêncio:

— Isto é Villa-Lobos, meu filho, Villa-Lobos. Toquei para você a "Mazurka Choro", que é o primeiro movimento da Suíte Popular Brasileira, composta entre 1908 e 1923. Sabe, Villa-Lobos foi um compositor genial. Sua obra para violão solo é, com toda certeza, a maior contribuição para o repertório desse instrumento no século XX. É verdade! Todos os grandes violonistas clássicos, tanto brasileiros quanto estrangeiros, no mundo inteiro, já se debruçaram sobre as obras desse mestre. Apesar de seu imenso talento para executar vários instrumentos, Villa-Lobos, como todo bom brasileiro, possuía um amor especial pelo violão. Um dia, se você quiser, meu filho, e se dedicar para isso, você também poderá tocar as suas obras.

Para a nossa felicidade, a maior parte delas está disponível em braile. Basta você querer. Assim, quanto mais cedo você aprender o braile, mais progressos irá fazer com a música.

A essa altura, eu era puro entusiasmo. Já estava até mesmo sentindo uma espécie de orgulho de minha deficiência. Tinha esquecido por completo qualquer vestígio de temor ou preconceito contra o universo dos deficientes visuais. Tudo o que eu queria era aprender braille e o que mais fosse necessário para que eu pudesse ser igual àquele culto e talentoso professor. Na mesma semana, eu, que era resistente, já estava frequentando o Instituto São Rafael e descobrindo lá um mundo inteiramente novo, mas estranhamente familiar para mim. Passei, então, a dividir o meu tempo da seguinte forma: na parte da manhã, continuava o meu curso na escola regular, onde cursava o primeiro ano do Ensino Médio, e à tarde, ia para o instituto aprender braille, fazer contas com o soroban (uma espécie de ábaco muito utilizado pelos cegos), tomar aulas de orientação e mobilidade, além de canto e violão, é claro. Lá, conheci muitos rapazes e moças de minha idade, com diferentes graus de perda visual, por meio dos quais acabei aprendendo muito sobre a vida cotidiana das pessoas sem visão. Ganhei novos amigos e aprendi muito também sobre as minhas próprias possibilidades. Sentia como se eu estivesse me reconciliando com uma parte de mim que havia ficado meio de lado no meu processo de amadurecimento.

Em menos de um ano, eu já podia perceber os efeitos positivos que aqueles novos aprendizados começaram a fazer na minha vida em geral e, especialmente, na minha vida escolar. A escola onde eu cursava o Ensino Médio pertencia à rede pública estadual. Ela contava com uma sala de recursos, na qual professores especializados auxiliavam os alunos, deficientes visuais, transcrevendo provas e exercícios para o braille, gravando textos em fitas cassete e o que mais fosse necessário para que nós pudéssemos acompanhar normalmente os trabalhos escolares. Parecia incrível, mas além de mim, havia também mais outros cinco alunos deficientes visuais frequentando a sala de recursos. Enfim, eu não estava sozinho e isso era extremamente reconfortante.

Além da música, avancei rápido também nas lições de braille. Minha professora era uma senhora cega muito paciente, mas também enérgica quando necessário. O primeiro exercício que ela me deu para fazer foi o de preencher uma folha inteira com os seis pontos das células braile, tal qual meu professor de violão havia me ensinado em nosso primeiro encontro. Esse exercício servia para que eu automatizasse a posição de cada um dos seis pontos e, ao mesmo tempo, para que eu praticasse o gesto de furar o papel com o punção. Em seguida, passei ao aprendizado da chamada primeira linha do alfabeto, isto é, as dez primeiras letras do alfabeto comum, que em braille se escrevem utilizando apenas os pontos 1, 2, 4 e 5, deixando de fora os pontos 3 e 6. Desse modo, a letra A é formada apenas pelo ponto 1; a letra B, pelos pontos 1 e 2; o C, pelos pontos 1 e 4; o D, pelos pontos 1, 4 e 5; o E, pelos pontos 1 e 5; o F, 1, 2 e 4; o G, pelos pontos 1, 2, 4 e 5; o H, pelos 1, 2 e 5; o I, pelos pontos 2 e 4; e, finalmente o J, é formado pelos pontos 2, 4 e 5.

Aprendi que esses sinais também servem para representar os algarismos de 1 a 0, na mesma ordem do alfabeto, ou seja, com os sinais correspondentes às letras de A a J, bastando para isso colocar na frente um sinal indicador de algarismo, representado pelos pontos 3, 4, 5 e 6. Após dominar bem a escrita e a leitura dessa primeira linha, comecei o aprendizado da segunda, para cuja formação das letras, basta acrescentar o ponto 3 em cada símbolo da primeira linha. Desse modo, representam-se as próximas dez letras do alfabeto, da letra K à letra T. O passo seguinte é aprender a terceira linha, em que a formação dos símbolos se dá acrescentando-se à primeira linha, os pontos 3 e 6. A partir daí, começamos a perceber que as letras acentuadas têm um símbolo próprio diferente do das letras acentuadas em tinta. Assim, o A (ponto 1) mais o ponto 3 e 6 forma a letra U; o B (pontos 1 e 2) mais os pontos 3 e 6 vira V; o C (pontos 1 e 4) vira X; o d (pontos 1, 4 e 5) vira Y; o E (pontos 1 e 5) vira Z; e o F (pontos 1, 2 e 4) vira Ç; o G (pontos 1, 2, 4 e 5), mais 3 e 6, forma o É. Essa letra se forma com o preenchimento de todos os seis pontos da célula. Continuando: a letra H (pontos 1, 2 e 5) mais os pontos 3 e 6, formam o Á; o I (pontos 2 e 4) mais os pontos 3 e 6, formam o È. Por fim, o J (pontos 2, 4 e 5) mais os pontos 3 e 6, formam o Ú. Existem, também, os sinais da quarta linha, na qual se acrescenta aos da primeira linha, o ponto 6: a (ponto 1) mais ponto 6, forma a letra Â; o B (pontos 1 e 2) mais o ponto 6, vira Ê; o C (pontos 1 e 4) mais o ponto 6) vira Ì; o D (pontos 1, 4 e 5) mais o 6, vira Ô; o E (pontos 1 e 5) mais o ponto 6 vira Ù, o F (pontos 1, 2 e 4) mais o ponto 6 vira À, o G (pontos 1, 2, 4 e 5) mais o ponto 6 vira Ï, o H (pontos 1, 2 e 5) mais o 6 vira Ü; o I (pontos 2 e 4) mais o ponto 6 vira Õ; e o J (pontos 2, 4 e 5) mais 6, vira W. Existem ainda os sinais da quinta linha, formados somente pela combinação dos pontos 2, 3, 5 e 6. Entretanto, essa quinta linha forma apenas recursos gráficos como ponto final, vírgula, ponto de interrogação.

Frequentando o Instituto dos Cegos, aos poucos fui descobrindo que o braille não se resumia ao alfabeto. Era muito mais complexo do que isso. As sessenta e três combinações possíveis entre seus seis pontos faziam que um mesmo sinal, uma mesma combinação de pontos, formasse símbolos diferentes, reconhecíveis conforme o contexto em que apareciam. Assim, os pontos 1 e 5 podiam significar, por exemplo, a letra E, ou o algarismo 5 ou uma nota ré em tempo de colcheia. Fui, assim, descobrindo a cada dia a riqueza desse maravilhoso sistema de leitura e de escrita que é o sistema braille e fui também me entusiasmando por ele, na medida em que tinha cada vez mais acesso a leituras diversas. Os progressos na escola aumentaram e o resultado disso tudo foi que, inspirado naquele meu mestre de, entre outras coisas, violão, e também em tantos outros mestres, que encontrei na minha vida, acabei me tornando não um virtuose do violão, embora a música até hoje me acompanhe, mas um ávido leitor e apaixonado inventor de histórias, além de um professor, dedicado a possibilitar que outros tantos estudantes com deficiência visual ou não, possam ter acesso ao mundo da leitura e do conhecimento utilizando, se preciso, o braille como uma das estratégias mais eficazes para se atingir esse fim.

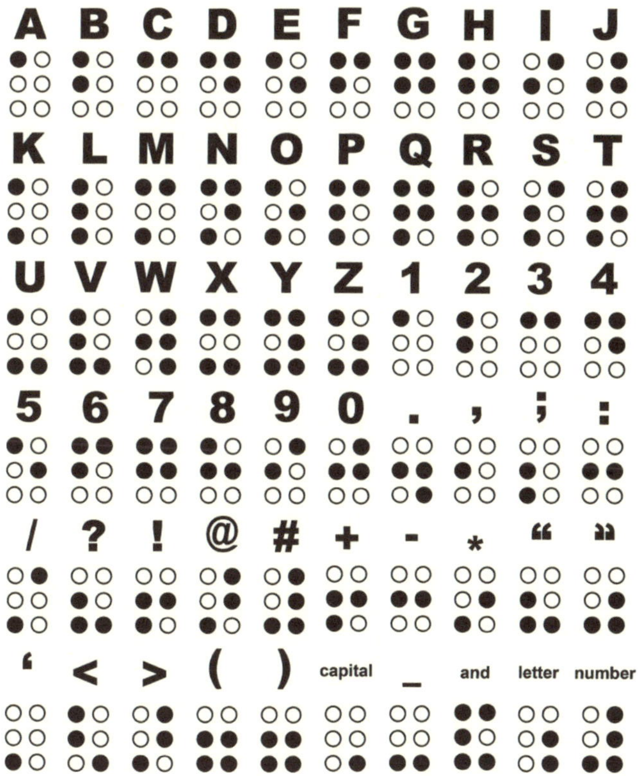
A B C D E F G H I J
K L M N O P Q R S T
U V W X Y Z 1 2 3 4
5 6 7 8 9 0 . , ; :
/ ? ! @ # + - * “ ”
‘ < > ( ) capital _ and letter number

SOBRE O AUTOR

Flávio Couto e Silva de Oliveira nasceu em Vacaria (Rio Grande do Sul), mas vive em Belo Horizonte desde os quatro anos de idade. É formado em História, mestre e doutor em Educação pela UFMG. É professor na Rede Municipal de BH, com passagens também como docente, pela UFMG, UEMG e PUC Minas. Durante boa parte de sua vida, exerceu ativismo no campo dos direitos humanos de pessoas com deficiência, tendo inclusive trabalhado por dez anos na coordenação de políticas públicas para o segmento. Em 2000, recebeu o primeiro lugar na categoria ensaio, do concurso nacional de literatura, Cidade de Belo Horizonte, com o trabalho, "Signos e Aprendizagem nas Memórias de Músicos Cegos". Em sua tese de doutorado, estudou os efeitos da educação musical escolar por meio do canto coletivo em escolas primárias, durante as décadas de 1920 e 1930. Possui artigos e capítulos de livros sobre educação musical, aprimoramento dos sentidos e cidadania, publicados no Brasil e no exterior. É músico amador, praticante de corridas de rua, bom conversador e, acima de tudo, um leitor. Com o presente livro, faz sua estreia no campo da literatura, apresentando pequenas narrativas de auto ficção, boa parte delas publicadas durante os dois últimos anos em seu perfil no Facebook.

[2019]
Esta obra foi composta em Gotham Rounded e Palatino
sobre papel Pólen Soft 80 g/m² para
a Quixote+Do Editoras Associadas.

FSC www.fsc.org MISTO Papel proveniente de fontes responsáveis FSC® C092828

PRINTED WITH SOY INK®